AF206134

Marina Peters

Zu nahe am Revisor

Ein Martin Muller Audit #1

Zu nahe am Revisor

Wer denkt Revision sei langweilig, weiß nicht, was
zwischen den Zahlen passiert

Marina Peters

marinapetersbooks.com

Impressum

Bibliografische Information der Deutschen Nationalbibliothek:
Die Deutsche Nationalbibliothek verzeichnet diese Publikation in der Deutschen Nationalbibliografie; detaillierte bibliografische Daten sind im Internet über http://dnb.de abrufbar.

© 2020 Marina Peters
Herstellung und Verlag: BoD – Books on Demand, Norderstedt
ISBN: 978-3-7519-2362-0

ZU NAHE AM REVISOR

Da ist sie. Die E-Mail, die mein Wochenende ruinieren wird. Woher ich das weiß? Sie ist von Dick. Er schickt mir nie etwas, schon gar nicht eine Besprechungsanfrage am Freitag um 15 Uhr für 16:30 Uhr. Ich dachte sogar kurz darüber nach, die Anfrage einfach zu ignorieren. Allerdings würde ich ihn bis Montag nur dafür hassen. Könnte es das wert sein? Er gab mir jedoch keine Chance weiter zu überlegen. Er stand nämlich bereits an meiner Tür.

„Hey, Martin. Ich muss um 16:30 Uhr etwas mit meiner Frau erledigen."

„Wollen wir den Termin verlegen, Dick?", fragte ich ihn und sah, wie er sein Gesicht verdrehte. Er heißt Richard und er mag es nicht, wenn ich ihn Dick nenne. Könnte aber auch an meiner Betonung liegen.

„Ok. Nun, ich brauche dich für eine Prüfung. Aber Pronto", sagte er mit seinem kleinen beschissenen Lächeln.

„Pronto?"

„Ja, du musst am Montag dort sein und anfangen."

„Scheiße. Montag schon?"

„Bank of Herrin, in Carterville. Haben da eine kleine Niederlassung, die wir übersehen haben."

Das war Donalds Revision gewesen. Er hatte sogar zwei dafür zuständige Teams gehabt. Die Bank hatte ein paar Niederlassungen, deren Aufzeichnungen nur teilweise computerisiert waren.

„Ich kann sonst niemanden dahin schicken. Außerdem brauche ich jemanden, der effizient und schnell ist."

„Geht nicht, Dick. Es müssten noch IT-Entscheidungen und andere Vorkehrungen getroffen sowie Unterkünfte bereitgemacht werden", sagte ich ihm.

„Deshalb begleitet dich Jen. Ich habe auch schon Operations angerufen, sie arbeiten daran. Eine angenehme Woche noch", sagte er. Kein Wunder, dass er lächelte; er hat mich gerade hart ohne Gleitmittel drangenommen.

„Woche?"

„In einer Woche müssen wir mit Donalds Teil des Audits zusammen abschließen. Es ist eine kleine Niederlassung, aber wir brauchen eine Ein-Mann-Crew und das bist du. Außer..."

„Nein. Scheiß drauf. Ich gehe."

„Alles klar, bis in einer Woche."

Das ist der größte Mist und das weiß er. Ich denke hier geht es vielmehr um das New Yorker Senior Partnertreffen. Ich kann dort nicht erscheinen, mich nicht präsentieren und müsste dann ein weiteres Jahr auf die Beförderung zum Senior Manager warten.

Sie hätten genauso gut auch eine Verlängerung beantragen können. Aber so wie ich Donald kenne, hat er das sicher schon getan und die Zeit ist einfach nur knapp. Na dann, ab zur Podunk Audit Ltd., meiner geliebten Arbeitgeberin ins Büro, schätze ich. Ich muss noch ein paar Telefonate erledigen und den heißen Frauen absagen, die ich eigentlich kennenlernen wollte. Das muss jetzt wohl warten.

+ Jen und Martin

Ich war noch dabei meine letzten Telefonate zu machen als Jen hereinkam und sich hinsetzte. Sie war echt eine hinreißende Frau. Etwas aus Cup Stick Girl und Goth. Sie hatte eine Menge Stammeskrieger-Tattoos und ein paar blutrote Rosen und Totenköpfe tätowiert. So wie die mexikanische Calavera. Sie würde rote Haare haben, hätte sie sie nicht schwarz gefärbt. Sie trug schwarze Jeans und ein schwarzes T-Shirt mit schwarzen Kampfstiefeln. Man kann sich vorstellen, was ich meine. Sie war schnell und clever im Umgang mit Computern. Sie war sozusagen die Ein-Frau-Brechstange-Crew.

„Jen, wie kann ich dir helfen?"

„Hallo, Chef. Wir müssen anscheinend in den Süden."

„Ja. Ich kann die Banjos schon spielen hören."

„Nicht so weit in den Süden."

„Na ja, bist du bereit für die persönlichen Sicherheitschecks? Ich glaube nicht, dass IT ihre Stärke ist."

„Bank of Herrin? Das Meiste der letzten fünf Jahre haben die auf dem System. Sie scannen den Rest und sind dabei Gigabit-Glasfaserleitungen zu legen. Aber

4

ja, ich habe auch meine Kamera und meine alte Schreibmaschine dabei", sagte sie.

Ich musste schmunzeln. Sie war auch bei der Prüfung der Bank of Florida eher unruhig gewesen. Sie liebte Zahlen genauso wie ich und ist immer bereit für eine Herausforderung. Manche Leute denken, Auditing sei nicht sexy, nicht das Gelbe vom Ei, aber sie haben einfach keine Ahnung. Jen aber, ja, sie weiß Bescheid.

„Also, Carterville?" fragte sie.

„Nein, noch schlimmer. Cambria, sogar noch kleiner. Weißt du, wie man ein Wohnmobil fährt?"

„Was?"

„Du weißt doch. Diese großen sexy Motorhäuser?" Fragte ich. Ich hatte nur Spaß gemacht aber bei der Auswahl an Zwei- und Drei-Sterne Hotels war das eine gute Option.

„Na ja, schon," sagte sie. „Mein Vater und ich sind früher jedes Jahr an Weihnachten zu meiner Tante in Pennsylvania gefahren und bei ihr gab es nie genug Platz, also ja. Er hat mir gezeigt, wie man so ein Ding fährt." – Mist, jetzt muss ich irgendwie ein Wohnmobil besorgen.

„Verarschst du mich? Warum überrascht mich das nicht?" sagte ich.

„Okay. Heißt das, du willst mit mir fahren?

„Ich frage Ops. Ich schicke dir dann unseren Treffpunkt. Wir fahren am Morgen los. So kann ich immerhin noch eine Nacht mit Inga verbringen", sagte ich. Jen lächelte und es kann gut sein, dass sie etwas rot im Gesicht wurde.

+ Ops und Martin

Ich schrieb Heather aus der Operations eine E-Mail und fragte sie, ob sie ein Wohnmobil besorgen könne. Danach suchte ich ein nettes Restaurant für Inga und mich. Die Zeit bleibt nicht stehen. Sollte es also heute Nacht zu irgendwas kommen, muss ich sie schnell beeindrucken. Heather stand an meiner Tür.

„Was meinst du mit Wohnmobil? Warum kein Hotel?" Fragte sie. „Wie zur Hölle soll ich ein Wohnmobil besorgen?"

„Hotel? Das wäre ein Traum. Eher Motel und Bettwanzen. Hast du die Motels mal gesehen? Dort unten kann man nur in den Wolken ein Fünf-Sterne-Hotel finden. Ich könnte ein Zimmer besorgen aber dann würde ich es in Brand setzen," sagte ich leicht scherzend.
Ich packte meine Aktentasche ein und wartete noch auf meinen USB-Stick, den ich für den Ausflug an meinem Desktop am Laden war.

„Gut. Aber du schuldest mir was. Ich möchte den 1976er Pinot. Für den Geburtstag meines Vaters."

„Was? Das ist kein Gefallen, sondern dein Job."

„Und du willst, dass ich ein scheiß Wohnmobil für dich an einem Freitag um 4 Uhr suche? Nein, ich kann auch ein Motel für dich buchen und dich mit irgendeinem unerfahrenen Assistenten dahinschicken."

„Okay, okay. Was soll's. Danke, Heather."

„Eine angenehme Woche noch, Martin."

„Natürlich. Jeder sagt das, aber stimmen tut es trotzdem nicht."

Ich zog den USB-Stick aus meinem Computer, steckte ihn in meine Tasche und schnappte mir meine Aktentasche. „Schick mir die Details zu."

+++

Ich kam mir vor wie ein Sträfling auf dem Weg zum elektrischen Stuhl. Wenigstens bekomme ich für meine letzte Mahlzeit ein Model und einen Hummer. Ich war in Gedanken versunken und fast am Fahrstuhl angelangt und da sah ich sie. 1.75 Meter an Unruhe. Frau Dick. Wir haben so eine Art Hassliebe-Ding zwischen uns. Herr Richard Franklin, ihr Ehemann, hasst mich, und Frau Eloise Franklin mag mich sehr. Deswegen hasst mich Dick wahrscheinlich.

Jetzt, wo ich darüber nachdenke, ist das der Grund dafür, weshalb er nicht will, dass ich nach New York fahre. Es wird sie in seiner Nähe haben, statt dass sie mit mir rummacht.

„Na Martin, wie geht es dir? Ich habe etwas für uns in New York geplant," sagte sie in einem leisen Ton.

„Eloise. Welch ein Anblick. Tut mir leid dich enttäuschen zu müssen, aber dein Ehemann hat mir gerade einen Notfallaudit zugeschickt." Ich drückte auf den Fahrstuhlknopf.

„Ernsthaft? Gibt es sowas überhaupt?"

„Sogar der Teufel hat eine gute Stelle."

Ich sah Dick auf uns zukommen, als sich der Aufzug öffnete und Eloise meinen Arm packte und mich hineinzog. Sie drückte sehr fest und oft auf den Knopf, damit sich die Tür schließt. Ich drückte dabei auf den

Lobbyknopf. Dick eilte gerade noch rechtzeitig herüber, um zu sehen, wie sie ihn anlächelte und die Tür sich schloss.

„Willst du, dass ich gefeuert werde, Eloise?"

„Nein, ich will nur flachgelegt werden," raunte sie und drückte sich an mich. Oh Gott! Sie hatte einen tollen Körper und sie wusste es. Aber mein Wille und Fleisch waren stark und ich musste mich an meinen Zeitplan halten.

„Geht nicht."

„Nicht du, Dummkopf," sie klopfte mir spielerisch auf die Seite meines Gesichts und lachte. „Richard."

„Okay. Wovon redest du?"

„Er wird sich Sorgen machen und sich wundern, wo ich hingegangen bin. Was ich mache und mit wem ich es tue. Ich werde für ein paar Stunden ins Spa und dann nach einer heißen Dusche voller Dampf nach Hause gehen. Er kann das an mir riechen."

„Du bist ein Monster, weißt du das?"

„Vielleicht. Ich nahm deinen Rat nach der Weihnachtsfeier zu Herzen, als er dachte, wir würden etwas miteinander haben. Er wurde wortwörtlich zum Tier.

„Sehr schön."

„Er wird mich hart ficken und mich überall hin mitnehmen wollen, egal wohin ich zum Abendessen gehen möchte."

Unser Aufzug kam in der Lobby an. Sie gab mir einen Kuss auf die Wange, verließ den Fahrstuhl und ging hinaus. Dick war ein glücklicher Mann aber noch glücklicher, dass sie in der Lage war, sich mit seinem Arsch abzufinden. Ich machte mich auf zum Parkhaus. Heiße Models warten nicht gerne lange.

+ Heather

Heather sollte ein Wohnmobil finden und fragte sich, wo man so etwas überhaupt herbekommt. Auf einmal ging Jen an mir vorbei und lümmelte mit ihrem tiefen, nachdenklichen Blick in einem Ordner herum.

„Na. Ich hörte du fährst mit Martin in den Süden?" Sie zwinkerte Jen zu.

„Ach, nichts Besonderes. Eine Woche vor Ort sein, die Dinge anschauen. Routine."

„Routine?"

„Ja, was denn sonst?"

„Du wirst rot und na ja, du und Martin zusammen unterwegs?" Heather hob ein wenig die Augenbrauen.

„Also bitte, ich habe einen Freund. Mir ist das gerade unangenehm", sagte Jen.

Unangenehm kann man durchaus sagen, der Freund war nur ausgedacht. Heather wusste bestens, dass die IT-Mitarbeiter sehnlichst versuchten, Jen auf ein Date anzusprechen. Wenn Nerds sich der Begattung annehmen, kann es nur ein komplexes Ritual des vermeintlichen Umwerbens werden.

12

„Hey, gib mir mal deinen Rat. Weißt du, wo ich ein Wohnmobil mieten kann?"

„Ja. RV America, online."

„Super, danke."

+ Jen

Jen war Heather endlich los und ging schnell weg. Smalltalk oder mit den Mädels abhängen war nicht so ihr Ding. Martin gefiel ihr und sie war sich ziemlich sicher, dass sie mit ihm schon im Bett gewesen war. Sie konnte sich nicht mehr erinnern, weil sie auf der After-Party für das damalige Audit nicht mehr ganz bei sich war. Es ist nicht so, als hätte sie so etwas noch nie gemacht. Sie hatte das Video, um es zu beweisen. „Girls on Spring Break 3"; sie selbst in all ihrer Pracht und mit noch ein paar anderen Typen. Jen holte sich mehrere Exemplare und war sich sicher, dass jedes, das sie kaufte, eines sein würde, zu dem niemand Zugang hätte. Sie hatte es fast geschafft, als Heather nach ihr rief. "Eine angenehme Woche noch!" Jen musste noch ins Fitnessstudio gehen und trainieren, danach kalt duschen. Das wird nicht so toll werden.

+ Martin

Die Adresse war etwas abgelegen und lag in einem Industriegebiet. Ich packte meine beiden Koffer aus und der Typ brachte mich zum Wohnmobil. Es war ein riesiges Ding, eins dieser Tourbus-Wagen und das Innere war wirklich schön. Zwei Auszüge. Jen hätte schon vor einiger Zeit hier sein sollen. Ich holte mein Telefon raus und versuchte sie anzurufen. Aber ich bekam nur die Voicemail.

„Alles klar, ich muss noch Ihr Nummernschild überprüfen", sagte er.

„Nur zu." Ich gab ihm meinen Führerschein.

„Das wird nichts. Ich brauche Ihre Klasse A oder eine nichtkommerzielle Bestätigung der Klasse A."

„Wie bitte? Ist das ein Scherz?"

Schließlich kam Jen in einem Taxi an und sie schien bereit für alles zu sein, so wie sie ihren kleinen Rollsack und eine Computertasche herausholte.

„Möglicherweise müssen wir in Sachen Größe etwas runtergehen. Was kann ich damit fahren?"

„Das hier, so an die 5 Meter", sagte er.

„Entschuldige die Verspätung. Wie sieht's aus? Wow. Das hier. Ich wollte schon immer so ein Wohnmobil fahren."

„Wer ist das?", fragte der Mann.

„Meine Fahrerin", sagte ich. Er sah überrascht aus.

„Kommen Sie überhaupt an die Pedale ran?", fragte er und grinste mich dabei an. Wahrscheinlich kein guter Moment für einen Witz.

„Ha ha ha, Witzbold. Es ist nicht so, als ob es keine Hydraulik und Sitzverstellung hätte." Sie sah ihn genervt an, so viel kann ich sagen. Sie griff nach ihrem Portemonnaie. Es hing an einer Kette und war aus schwarzem Leder.

„Tolles Accessoire, kommt das mit den Schuhen?", fragte ich und sie schaute mich irritiert an.

„Hier", sagte sie und gab dem Mann ihr Portemonnaie.

„Bescheinigung für Klasse A und Klasse B. Gut, das dürfte genügen. Aber nur Sie dürfen fahren", sagte er und machte noch ein paar Notizen.

„Moment. Du hast ja einen Führerschein."

„Ja. Ich bin mal mit einem Truck gefahren, als ich noch aufs College ging. Mein Dad ist ein LKW-Fahrer. Wir waren zusammen unterwegs. Ich hatte dir doch gesagt, er hat mir beigebracht wie man ein Wohnmobil fährt. Habe ich die LKWs nicht erwähnt?"

„Nein. Nein, das hast du nicht."

„Mist, das müssten fast 13 Meter sein", sagte sie.

„Vierzehn. Legen Sie die Streben ab, bevor Sie sich an die Auszüge machen", sagte der Mann und gab uns einen Zettel. Wir machten uns auf den Weg.

Ich war etwas nervös als wir einstiegen und sie auf den Sitz hüpfte. Es sah wirklich witzig aus. Aber es schien so, als wäre sie zuhause. Sie kramte herum, setzte ihre Brille auf und brachte die rollende Villa zum Laufen. Sie manövrierte das Biest auf der Autobahn und auf den Straßen, ohne dabei ins Schwitzen zu geraten.

„Was für ein schönes Wohnmobil. Danke, dass ich fahren darf."

„Du hast den Mann gehört, ich darf nicht fahren."

„Na ja, besser als nichts. Ich habe ein Zimmer in einem beschissenen Motel am Ende der Straße. Ich hoffe, dass wenigstens die Heizung funktioniert. Ich hasse diese Teile die alles dunstig machen. Außerdem muss ich noch gucken, ob die Kreditkarte funktioniert. 65 Dollar wollen die für eine Nacht in dem scheiß Drecksloch."

„Hm, ein Sumpfkühler? Passt doch, weswegen die Unruhe? Die Firma übernimmt die Rechnungen für die Reise ja sowieso."

„Klar, für die Prüfer schon. Ich muss all meinen Scheiß genehmigt bekommen wenn ich zurückkomme und Belege vorzeigen. Herr Franklin hat immer noch nicht die letzten beiden Reisen bezahlt und ich muss auch noch meine Karte bezahlen. Underdogs kriegen bestimmt nicht genug von ihm."

Das war echt scheiße, aber das ist genau das, was Dick tun würde. Ihm gefällt es, Macht zu haben.

+ Jen und Martin

Jen sah etwas blasser aus als sonst, als wir in Carterville ankamen. Ich sagte ihr, sie soll an die Seite fahren, damit wir uns etwas zu essen holen und danach zur naheliegenden Bank fahren können.

„Wow, das ist aber ein wirklich kleiner Ort. Erinnert mich aber irgendwie an Florida."

„Ja, wenn Florida keinen Schnee und kein Nachtleben hätte. Ach, und vergiss nicht all die verrückten Religionsanhänger", sagte ich.

„Nicht so schlimm wie meine Heimatstadt, die solltest du mal erleben. Hey, morgen ist Sonntag. Wollen wir in die Kirche?" Sagte sie lächelnd.

„Guter Witz."

„Wieso nicht? Ich bin eine approbierte Pfarrerin", sagte sie und wir stiegen aus."

„Natürlich bist du das."

Wir setzten uns hin und aßen etwas. Bei der Beleuchtung im Restaurant merkte ich schnell, dass Jen nicht ganz munter war. Es sah wirklich nicht so aus, als würde sie sich auf das Motel freuen und da es hier kein richtiges Nachtleben gibt dachte ich mir, ich lade sie in mein Wohnmobil ein.

„Freust du dich schon aufs Kakerlaken-Motel?"

„Nicht wirklich", sagte sie und zuckte mit ihren Schultern.

„Also, das Ding ist riesig und es gibt zwei Schlafzimmer. Du kannst hinten schlafen und ich nehme den Auszug vorne. Da ist genug Platz.

„Oh nein, du schläfst lieber hinten. Ich möchte nicht hinten festsitzen, wenn du deine Bekanntschaften aus der Bar mitbringst", sagte sie.

„Aber wie würde das aussehen? Eine Frau, die vorne herumliegt, wenn ich auch da bin. Außerdem sagtest du ja, es sei wie Florida und du hast Recht, wir hatten Spaß. Aber seitdem wir hier sind, habe ich auch nicht wirklich nackte Haut gesehen."

„Wenn du das so sagst, okay."

Sie schien etwas bessere Laune zu haben. Aber ihre Nase war rot und sie war am Schniefen.

„Alles okay bei dir?"

„Allergie. Kopfschmerzen habe ich auch."

„Okay, dann lass uns mal mit dem Einleben anfangen und irgendwo parken. Ich habe einen Tag zur

Vorbereitung. Du siehst aus, als hätte die Reise dich bei all dem Fahren fertiggemacht.

+ Ellis

Es war Samstagnacht und ich wollte nur noch
nach hinten gehen und einige der Aufzeichnungen
überprüfen. Aber ich tat es doch nicht. Dieser verdammte
Prüfer war am Montag da aber wofür?
Risikobewertungen? Als ob. Sie wollten schließen und
konsolidieren. Ich habe vor sechs Jahren die Leitung der
Niederlassung übernommen und das nächste Woche war
meine erste Revision überhaupt. Ich beschloss, eine
Freundin in der Hauptniederlassung anzurufen.

„Hey, Donna. Wie geht's dir? Du, ich rufe wegen
der Prüfung an."

„Ach ja. Ich bin dabei mich zu betrinken und das
zu vergessen."

„So schlimm?"

„Schlimmer, dieser Don ist ein echtes
Arschloch."

„Kommt er am Montag?"

„Nein. Jemand anderes aus der Firma kommt
vorbei. Außerhalb von Chicago. Er ist nicht Teil der
Gruppe die ich hier habe. Irgendein junger Vorstadttyp."

„Großartig, dass er sich auf meine Kosten einen
Namen machen will."

„Das wird schon. Der kann nicht schlechter sein als der andere Typ hier. Ist so wie eine schlechte Ehe ohne Sex."

Langsam wurde ich verrückt. Es gibt noch so viele alte Aufzeichnungen im Tresorraum, die nach zwei Jahren immer noch nicht digitalisiert wurden. Wir arbeiteten daran aber wir waren noch so viele Monate vom Abschluss entfernt. Wir hätten etwas verpassen können, darüber machte ich mir Sorgen. Ich beschloss, rüber zu gehen und einen Blick darauf zu werfen. Ich war mir nicht sicher, was ich machen würde aber ich hatte noch einen Tag Zeit es anzuschauen und mich vorzubereiten.

+ Chris

Das Wetter hat sich gut gehalten, man weiß aber nie, wann es wieder trocken oder nass sein wird. Die Kälte und die Hitze schienen sich nie zu ändern. Ich lief blitzschnell den Weg hinunter und schaute mir die Bauernhöfe und den Viehbestand an, um sicherzugehen, dass meine Investitionen wohlauf sind. Diese Leute meinen es gut, aber sie haben nicht die Ausbildung, die ich habe. Meine Familie ist seit Generationen im Besitz eines großen Teils dieses Landes. Seit dem Landrausch. Den Rest haben wir aufgekauft. Mein Vater sagte gerne: "Ein Pflug oder ein Tier bilden nicht gleich ein Vermögen. Es geht darum, andere Leute dazu zu bringen, die Farmarbeit zu machen, während du das Land verwaltest." Das ist also, was ich tue. Verwalten.

Ich fuhr hinaus auf die große Autobahn. Mein Lastwagen schleuderte Schlamm herum und ich entschied, zur Tankstelle zu fahren und meinen Wagen zu reinigen. Auf dem Weg dorthin bemerkte ich, dass das Licht in der Bank noch an war. Ich dachte mir eine Ausrede aus um vorbeizuschauen und zu sehen, ob Ellis noch da war. Diese Frau wird mir noch den Tod herbeirufen, das schwöre ich.

Ich kenne sie seit Jahren und sie liebt es, mich mit ihrem Körper aufzuziehen. Sie hat die besten Hüften im Land. Wir waren zwischendurch immer mal wieder zusammen und mal wieder nicht, und ich kann ihr nicht widerstehen. Sie ist stur wie ein Esel, das ist eine Tatsache.

Die Tür war offen, Ellis war am Telefon und sah gestresst aus. So ist sie. Ich kenne sie eigentlich nie gestresst. Soweit ich weiß, geht es um eine Revision. Sie trug keinen BH und hatte dieses AC/DC-T-Shirt an, das mir gefällt. Ich hatte es ihr mal bei einem Rodeo besorgt, auf dem wir zusammen vor zehn Jahren waren. Ich komme mir vor wie ein kleines Kind, aber ich sehe sie hat das T-Shirt immer noch und vielleicht hält sie sich ja noch an der Erinnerung fest. Ich dachte es wäre keine schlechte Idee "Hallo" zu sagen, wenn sie auflegt.

"Hallo, kleine Dame. Wie geht's dir denn so?"

"Oh Gott". Ich habe die Tür nicht abgeschlossen. Mir geht's gut, Chris. Ich habe gerade keine Zeit für dich, was willst du?"

Wieso dreht sie gleich so durch? Ich habe nur hallo gesagt. Als ob ihr gleich etwas Schlimmes passiert, wenn sie hallo zurück sagt und nach mir fragt. Aber gerade deshalb hatte ich mir die Ausreden ausgedacht, bevor ich in die Bank ging.

"Ich wollte nur mal fragen wie das mit den Seeddarlehen läuft."

"Was? Ich habe Mitarbeiter die sich darum kümmern, keine Ahnung."

"Ja, ich arbeite mit dem Kreditsachbearbeiter daran aber ich bin nicht gut darin, mit anderen zu arbeiten."

Los geht's. Der Tanz ist derselbe, ich fange charmant an und dann kommt der Rest.

"Wir werden Sicherheiten brauchen. Welche Grundstücke stellst du denn zur Verfügung?"

"Ich besorge dir eine Liste. Weißt du Ellis, würde es dich umbringen, zu lächeln? Wir sind seit drei Monaten nicht mehr zusammen ausgegangen. Wann legst du endlich das Messer zur Seite?"

Dann stand sie auf. Das ist nicht gut. "Du bist ein Arschloch, der diese Bauern für das Land und den Profit ihrer Ernte ausnutzt."

"Was? Ich helfe ihnen. So ist das Geschäft, und sie sind meine Partner. Wenn sie etwas verlieren, verliere ich auch etwas. Sie bleiben dabei und versuchen es noch einmal. Ich gehe hier ein Risiko ein."

"Du bist wie ein Raubtier. Die Hälfte dieser Menschen hat jahrelang deiner Familie geholfen und Vieh gezüchtet. Und was bekommen sie? Keines ihrer Kinder hat jemals eine Uni besucht. Zehn Jahre und es wurde kein einziges neues Haus gebaut. Soll ich dir sagen, woher ich das weiß, Robert?"

"Du wirst es mir sicher sagen."

"Ich weiß das, weil ich in den letzten zehn Monaten fünfzehn Kreditanträge für Häuser ablehnen musste. Sie haben das Geld nicht und werden es nie haben. Niemals. Nicht mit dem was sie machen. Du steckst schon förmlich mit deinen Krallen in ihnen. Egal was du sagst, du bist ein Dieb."

"Nun, die Sache ist die, wir brauchen die Raubtiere an der Spitze, oder nicht? Sie halten alles auf den Beinen", sagte ich mit angespanntem Kiefer.

Sie hat vielleicht eine Menge Bücher damals in Chicago gelesen, aber sie hat keine Ahnung. Diese Wirtschaftsdiskussion hatte ich schon einmal gehabt. Ihr letztes Wort ist immer ein "fair", was das Leben nun mal nicht ist.

"Nur du kannst das für ein Kompliment halten, Chris."

Leck mich doch am Arsch. Sie hat aber eine Art und Weise. Wie sie mich mit nur einem Satz wie ein Arschloch aussehen lässt, unfassbar. Ich verließ das Gebäude und stieg in meinen Wagen ein. Ich hätte es wissen sollen. Es war Irrsinn, das Gleiche zu versuchen und etwas Anderes zu erwarten. Ich habe das verbockt. Ich zog mich zurück, wie ich es immer zu tun schien, und schüttelte den Kopf.

+ Martin

Jen war wirklich eine faszinierende Person. Es macht mir jetzt sogar noch mehr Spaß, mit ihr unterwegs zu sein. Ich hätte nicht damit gerechnet, dass sie ein Wohnmobil fahren kann. Sie ist mehr Mann als die anderen Typen die ich kenne, und trotzdem ist sie so eine kleine heiße Dame. Ich sage das, weil ich ein Video von ihr aus den Osterferien gesehen habe. Ich habe es im Internet gefunden und konnte nicht anders. Jemand in der IT-Abteilung hatte gesagt, sie sei schon einmal in Florida gewesen, und hatte angedeutet, dass es vielleicht einige Nacktbilder von ihr gäbe. Ich musste also danach suchen. Wir verstanden uns ziemlich gut und als sie auf der Afterparty betrunken war, konnte ich sehen, wie die halbe IT-Abteilung versuchte, an ihr Höschen ranzukommen. Perverslinge. Ich nahm sie deswegen mit auf mein Zimmer und ließ sie in Ruhe schlafen. Sie zog sich aus, als ihr zu warm wurde und sie anfing zu schwitzen. Sie schläft scheinbar gerne nackt. Als ich am Morgen zurückkam, war sie nicht mehr zugedeckt. Ich legte die Decke wieder auf sie. Deswegen weiß ich, dass sie ein Rotschopf ist und welche Tattoos sie hat. Ich fing an, über meine verpasste Beförderung nachzudenken, bis sie mir plötzlich eine Frage stellte. Es war so, als könne sie meine Gedanken lesen.

"Und, bist du enttäuscht wegen New York?" fragte Jen.

"Bist du es?"

"Nein. Du weißt, dass ich es hasse. Außerdem bin ich fertig. Ich bin mit aller Kraft gegen die Glasdecke geprallt", sagte Jen. "Und es wird nicht besser. Ich muss mich um ein Team aus Idioten kümmern und das einzige was sie tun ist, meine Titten anzustarren. Ich glaube ich gründe meine eigene Firma oder entwickle eine App. Oder ich heirate jemanden von Oben und entwickle dann eine App."

"Und dann kümmerst du die um Babys?"

"Muss ich das tun?"

"Normalerweise wird das von Ehefrauen erwartet."

"Fuck. Da muss ich den Plan wohl überdenken."

Jen sagte mir sie mag es nicht, einen BH zu tragen und nimmt deshalb ungern an Veranstaltungen teil. Sie schwächen die Muskeln und lassen die Titten hängen. So denkt sie also. Es ist nie wirklich so, wie man es sich vorstellt. Nicht, dass sie und die Schwerkraft sich gestritten hätten, aber sie war vielleicht mit klein B oder sogar A versehen. Ich kann das nie so wirklich sagen. Zum Teufel, ich habe keine Ahnung, wie groß meine Unterwäsche ist. Das muss die Verkäuferin wissen. Aber süß ist sie schon.

"Ja, ich kann schon verstehen, dass das nervig ist. Ich denke, wir alle haben etwas, was wir nicht besonders mögen. Fahr hier rein. Da, wo der Laster rausfährt."

+ Rein in die Bank

Wir waren später da als gedacht. Aber es ist Samstag und das allein hat sowieso schon alles ruiniert. Ich dachte mir, wir parken einfach hinten und stellen das Wohnmobil auf. Vielleicht könnte ich einen Spaziergang machen, um zu sehen, ob es in der Nähe eine Kneipe gibt, in der wir etwas unternehmen können.

"Hey, da ist jemand in der Bank. Sie schließt gerade die Tür ab."

"Muss wohl die Managerin sein, Ellis irgendwas", sagte ich.

"Sie kommt auf uns zu", sagte Jen und schaute dabei in den Seitenspiegel.

"Gut. Wir können ihr Wochenende ruinieren und uns vorstellen. Die Leute hier werden immer ganz verrückt, wenn sie einen Revisor sehen", sagte ich.

"Du bist ein Arsch, weißt du das?", sagte Jen.

"Es ist ein Geschenk."

+ Ellis

Scheiße, was soll das denn jetzt? Wollen die etwa mit ihrem Wagen die Nacht hier verbringen. Ich sah eine junge Frau mit Tattoos. Ich schüttelte den Kopf und folgte ihr nach hinten. Jemand stieg aus und streckte sich.

"Entschuldigen Sie, das hier ist keine Raststätte für Wohnwagen", sagte ich.

Er war viel weniger geriatrisch als ich dachte, so dass es etwas einfacher sein würde, ein Arschloch zu sein. Er war ein gutaussehender Typ. Er war bequem gekleidet, doch selbst in Jeans und im T-Shirt hatte er diesen GQ-Look. Gemeißelt und selbstbewusst. Ich war gerade erst mit Chris fertig und hatte keine gute Laune.

"Ja, das verstehe ich. Ich bin Martin Muller und das ist meine Partnerin, Jen. Sie ist die Sicherheitsberaterin. Wir halten uns gerne in der Nähe unserer Arbeit auf. Keine Ablenkungen. Es ist nur vorübergehend. Das verstehen Sie schon."

Ach du Scheiße, das wird ja immer besser und besser. "Ihr seid also die Prüfer?"

"Das sind wir", sagt seine kleine Helferin Jen und beäugt mich. Ich könnte genauso gut gnädig sein und einfach das Beste daraus machen.

"Na gut, dann parken Sie da drüben einfach weiter in Richtung der Müllcontainer", sagte ich, und das Mädchen sah sie argwöhnisch an.

"Sind das die Müllcontainer, in denen die Bank Papiere entsorgt? Da ist ein Schloss dran." Sie fragte mit einem Ton.

"Nein, Papiere kommen in den Keller, dort kommt eine spezialisierte Unternehmung für vertrauliche Aktenvernichtung rein und schreddert alles", antwortete ich und versuchte, ruhig zu bleiben.

"Gute Antwort, was dann?" sagt Jen. Du verarschst mich gerade, vergleichen wir gerade etwas Schwanzgrößen? Okay Kleine, dann mal los.

"Wir haben eigentlich eine Verbrennungsanlage, die wir für die Heizung benutzen. Sehr grün. Dort kommen die geschredderten Papiere anschließend rein."

Sie hatte keine weiteren Fragen.

"Fertig mit den Fragen?"

"Fürs Erste", sagte Jen.

+ Martin

Wow. Ein Zickenkrieg. Man muss es lieben. Ich dachte, es würde nichts Aufregendes passieren. Keine zehn Sekunden vergingen und Jen hatte sie auf dem Kieker.

"Gute Antwort?", sagte ich zu Jen. "Und dann fragen wir uns noch, ob ich das Arschloch sei."

"Was? Denk bloß nicht ich würde nicht in den Tonnen nachsehen."

"Wie auch immer. Kannst du dich um den Aufbau kümmern? Ich will mal sehen, ob es hier ein Geschäft gibt", sagte ich.

"Ja. Und wenn du dabei bist, sieh dich mal nach einer Bar um", sagte Jen.

Ich sah sie von der Seite an.

"Was denn? Ich weiß, dass du das sowieso tust. Da kann ich dir auch gleich die Erlaubnis geben, wegzugehen", sagte sie.

+ Jen

Als ich Martin weggehen sah, konnte ich nicht aufhören darüber nachzudenken, wie fixiert seine Augen auf die Managerin von der Bank waren. Sie sah so heiß aus, ihre Brüste müssen locker Größe D sein und Martin liebt definitiv große Brüste. Und wie sie geht. Gott, ihre Beine strahlen bestimmt immer so.

Gegen Weiblich habe ich keine Chance, Null.

Gott sei Dank.

In gewisser Weise habe ich eine Art Heimvorteil hier.

Als ob Martin mich jemals auch nur anschauen würde.

Sonntag

+ Martin

Der Samstagabend in Cambria entsprach meinen Erwartungen. Es war eine ruhige und verschlafene Stadt und ich ging so um etwa elf Uhr ins Bett. Es gab eine kleine Bar, aber mir war nicht wirklich nach Trinken zumute. Schließlich waren wir den ganzen Tag unterwegs. Ich hielt an einem kleinen Lebensmittelladen an und holte mir ein paar Bierdosen, Chips und ein paar Schokoriegel, um mich zu versorgen. Dann fuhr ich zurück.

Jen war mit dem Aufstellen aller Auszüge fertig und war bereits am Schlafen, als ich den Wohnwagen wieder betrat. Ich nahm mir ein Bier, lehnte mich zurück und sah mir Netflix auf meinem Laptop an. Ich schlief, wie so oft, beim Filmeschauen ein und wachte wieder früh am Sonntagmorgen auf. Jen stürmte mit sehr wenig Kleidung durch die Küche.

"Du siehst etwas glühend aus", sagte ich.

"Danke", sagte Jen mit einem Lächeln. Aber sie hatte eine rote Nase und fing direkt an zu niesen.

"Nein, nicht glühend, heiß. Bist du erkältet?"

"Ist vielleicht eine kleine Erkältung. Hab ich schon seit Freitag."

"Dann gibt's heute wohl keine Kirche für dich. Steck mich bloß nicht an, sonst wird diese Woche noch zur reinsten Hölle."

"Wird schon alles. Es ist eine kleine Bank, die Auswertung sollte nur einen Tag dauern."

"Ich hole dir mal etwas Tylenol und Nyquil. Ich glaube in der Nähe gibt es eine Apotheke."

"Nur keine Umstände, mir geht es bald besser."

Es sah nicht so aus, als würde es ihr gut gehen, als sie sich auf die Couch fallen ließ und an der Fernbedienung für den Großbildfernseher im Wohnmobil herumfummelte.

Mir fiel auf, dass Jen nicht viel für Bescheidenheit übrig hatte. Abgesehen von einem Paar offenbar bequemen Haussocken und dem T-Shirt ließ sie all ihre Sachen weit ausgebreitet überall trocknen.

Es war ziemlich klar, dass Jen keine Lust hatte, Essen zu holen, also fuhr ich nach Carterville, um einige Vorräte zu besorgen. Es gab dort die nötigen Läden, also fragte ich nach den notwendigen Medikamenten. Als ich zurückkam, lag Jen wieder eingeschlafen auf ihrem Bett und hatte ihr T-Shirt unten um ihre Brüste liegen. Ich deckte sie zu und stellte den Eimer mit Chicken Wings, den ich gekauft hatte, in den Kühlschrank.

Der Sonntag würde wohl mehr als langweilig werden. Die Bars hatten anscheinend auch wegen einer örtlichen Veranstaltung geschlossen. Ich fand mich damit ab, dass mir außer Spazieren nur Filme und das Internet übrigblieben. Plötzlich hörte ich diese seltsame Toilettenspülung. Jen war auf Klo und bekam auf einmal einen Hustenanfall, der verdächtig nach mehr tönte.

Ich wollte rausgehen und ihr erstmal fünf grosse Packungen Taschentücher besorgen.

Es war eines dieser seltenen Wochenenden, an denen ich den Montag kaum erwarten konnte.

+++

Gott sei Dank war das Geschäft noch offen und hatte Taschentücher. Ich dachte gleichzeitig aber auch an Toilettenpapier und ob wir genug hätten. Schließlich kaufte ich ein 12er-Päckchen doppellagiges Toilettenpapier und schlug so zwei Fliegen mit einer Klatsche. Als ich an all die anderen Dinge nachdachte, die wir benötigten, sah ich, wie die Bankmanagerin den Gang hinaufging.

"Hey, gibt es in dieser Stadt noch etwas anderes zu tun, als am Sonntag andere Leute zu briefen?", sagte ich und versuchte, charmant zu rüberzukommen. Ihr Blick sagte mir, dass das keine gute Idee war.

"Das ist so ziemlich alles, es sei denn, man ist Bauer", antwortete sie. Um höflich zu sein, nehme ich an.

"Oh, was macht man denn als Bauer?"

"Dann dürfen Sie die Kühe füttern", sagte sie in einem trockenen Ton. Sie wollte an mir vorbeigehen.

"Sind Sie wütend auf mich, weil ich auf dem Parkplatz Ihrer Bank geparkt habe? Oder hassen Sie die Revisoren einfach nur?"

Sie überdachte ihre Worte einen Moment lang. Vermutlich wollte sie die schlechten Worte herausfiltern. "Das ist meine erste Prüfung, also ja, es ist ein wenig nervig. Zumal das andere Team uns nicht wirklich mit seiner Effizienz und Kompetenz beeindrucken konnte."

"Oh ja, so ist Donald. Nicht gerade sehr begabt. Aber dafür hat man mich geschickt, um das, wofür sie zwei Monate gebraucht haben, in einer Woche zu erledigen."

"Sie halten sich also für eine Art Überflieger", sagte sie.

"Nein, so denke ich keineswegs."

"Wow, muss wohl daran liegen, dass alle Männer arrogante Arschlöcher sind."

Ich konnte ihr nur dabei zusehen, wie sie ganz geschäftig weiter den Gang entlangging. Hier ging es wohl unterschwellig darum herauszufinden, wer das größere Alphatier war. Ich dachte, es sei Zeit, die Wogen zu glätten.

"Warten Sie. Wollen Sie vielleicht etwas trinken gehen?"

Sie drehte sich um und sah mich an, als hätte ich eine hässliche Warze im Gesicht.

"Haben Sie mich das gerade ernsthaft gefragt? Auch wenn ich Sie charmant finde, Sie sind der Prüfer. Ich glaube nicht, dass das angemessen wäre. Und wenn

Sie die Arbeit erledigt haben, werde ich eine Beschwerde wegen Belästigung einreichen."

Sie lächelte kurz, als sie das sagte, also denke ich, dass das eine Herausforderung war. Sie drehte sich um und ging weiter. Was für ein lebhaftes kleines Ding, und da wo es Rauch gibt, da ist auch Feuer. Der Sonntag war ein Reinfall, aber vielleicht hielt der Anfang der Woche Besseres für mich bereit.

+++

Jen war unter der Dusche, als ich den Wohnwagen betrat. Eine bezaubernde Geräuschkulisse, doch ich konnte ihr problemlos dabei zuhören, wie sie am Schniefen war. Wie viel Wasser hatten wir eigentlich zur Verfügung? Sie war ziemlich lange unter der Dusche.

"Hey, lass noch etwas Wasser für mich da", sagte ich.

"Ich habe den Schlauch an die Sprenkleranlage angeschlossen, du Genie", sagte sie so, als ob ich das gewusst hätte. "Wo warst du?"

"Oh, nur etwas Toilettenpapier holen. Dachte das könntest du für deine laufende Nase gebrauchen."

"Du bist wirklich ein Idiot. Zum Glück habe ich die passenden Tücher fürs Gesicht mitgenommen. Toilettenpapier ist nicht so gut dafür."

"Na ja, wie geht's dir? Willst du was essen?"

"Geht mir schon besser mit dem Tylenol. Hab die Hähnchen vorhin gerochen. Ich weiß jetzt schon, dass die scheiße schmecken werden, aber irgendwas muss man essen."

Ich machte die Hähnchen etwas warm und schaltete Netflix ein. Das war wohl wirklich das erste Mal in meinem Leben, dass ich mich in Ruhe entspannen konnte. Es dauerte nicht lange und da war Jen auch schon wieder eingeschlafen. Ich ließ sie da schlafen wo sie war und ging einfach rüber ins größere Schlafzimmer.

Montag

Es war definitiv keine Erkältung. Es war mit Sicherheit die Grippe. Montag in aller Frühe und Jen sah aus wie ein Zombie. Sie bestand immer noch darauf, dass es ihr gut ginge. Ich wusste aber, dass das nicht wirklich die Wahrheit war. Ich glaube, erst als sie im Stehen fast ohnmächtig wurde, hat sie endlich meinen Rat befolgt und ist im Bett geblieben.

Ich war noch duschen, zog mich an und ging für mein Frühstück nach draußen. Es war wahrscheinlich eine gute Idee, dass ich etwas Abstand von Jen hielt. Die Bank war noch nicht geöffnet, also ging ich die Straße hinunter in ein Restaurant. Ich hatte auf eine junge Kellnerin gehofft, aber so wie das in Kleinstädten halt ist, war die Kellnerin mal wieder älter als ich. Mabel hieß sie, glaube ich. Sie nannte mich die ganze Zeit „Süßer" und fragte mich, ob ich noch zur Arbeit musste.

"Wann macht die Bank auf", fragte ich Mabel.

"Oh, keine Ahnung. Vielleicht 9:30 Uhr. Soll ich dir noch 'nen Kaffee machen, Süßer?"

"Nein, danke. Ich muss den ganzen Tag im Tresor dieser einen Bank verbringen. Ich möchte ungern alle 5 Minuten aufs Klo gehen."

"Aha, du bist es also. Hab schon von dir gehört, du bist ein Revisor. Mein Leonard musste letztes Jahr eine Prüfung mitmachen und das war die reinste Katastrophe.

Wir mussten $5.000 zahlen. Ich weiß, mein Leonard ist nicht der schlaueste Mann auf Erden, aber das war keineswegs richtig", sagte sie.

"Ich bin kein staatlicher Steuerprüfer. Ich prüfe lediglich die Banken um zu sehen, ob sie die Regeln der Bankenaufsicht befolgen und die Bank-Standards einhalten. Und klar, Banken haben natürlich echt viel Geld. Was macht denn dein Leonard?" fragte ich.

"Er ist Mechaniker. Warum? Was hat das damit zu tun?"

So wie sie das sagte musste Leonard ja ein Genie sein, wenn sie sich für klüger hielt. Aber wenn man nicht von hier ist und die Einwohner schon ein Auge auf dich werfen, warum nicht einfach freundlich sein?

"Nun, dann wette ich, dass Leonard ein Haufen steuerliche Abzüge zusteht, die ihm vielleicht nicht bewusst sind."

"Er ist lediglich ein Störmechaniker, er hat keine Werkstatt. Und das Finanzamt hat nichts von Abzügen erwähnt."

"Es geht ihnen ja nicht darum, zu erwähnen, wie man keine Steuern zahlt. Ich wette, Leonards Werkzeuge sind teuer, und er kann einiges davon absetzen. Und wenn er von seiner Garage aus arbeitet, können Sie einen

Prozentsatz Ihres Hauses für das Geschäft abziehen. Sowas eben."

"Hört sich kompliziert an. Warum muss alles immer so kompliziert sein?"

"Sagen Sie Leonard er soll morgens hierherkommen und seine Steuerunterlagen aus den letzten fünf Jahren mitbringen. Ich werde mir alles ansehen und schauen, was ich tun kann."

Sie war außer sich, als ich das Angebot machte, und sagte mir, sie habe kein Geld. Das dachte ich mir bereits. Ich sagte ihr, dass ich es umsonst machen würde. Es waren wahrscheinlich nur einfache Steuern. Ich kann mir nicht vorstellen, dass Leonard viel verdiente. Ich könnte ihm bestimmt auch im Schlaf helfen. Es war eine kleine Stadt. Wenn sich nach nur einem Tag herumsprach, dass so ein blöder Prüfer bei der Bank war, dann würde es sich genauso schnell herumsprechen, wenn ein netter Kerl Leonard bei seinen Steuern hilft.

+++

Die Neuigkeit ging allerdings nicht schnell genug herum. Als ich bei der Bank ankam, wurde ich regelrecht angestarrt. Ich war mir sicher, dass das die Kassierer der Kreditabteilung waren.

"Guten Tag, ich bin..."

"Wir wissen, wer Sie sind. Die Managerin ist noch nicht da, Sie müssen sich also noch etwas gedulden."

"Ja, Ihre Managerin habe ich über das Wochenende bereits kennengelernt. Wir können ja schon mal anfangen, indem Sie mir zeigen, wo der Tresor ist. Scheint so, als ob sich der Tresor nicht im Erdgeschoss befindet." Sie blinzelten mich nur an.

"Kann ich den Schreibtisch nutzen?"

"Machen Sie es sich bequem", sagte der Kassierer. Ich stellte meinen Laptop auf den Tisch und machte mich an die Vorarbeiten.

+++

Um etwa 1 Uhr war ich mit allem fertig, was ich ohne Zugang zu den Unterlagen im Tresor erledigen konnte. Ellis war immer noch nicht da. Ich hatte noch nichts gegessen, also holte ich mir etwas zu Essen und schaute nach Jen.

"Ich hole mir was zu essen. Wann meinten Sie, kommt die Managerin in die Bank?" Ich fragte einen der Kassierer.
Genau da kam die Kreditsachbearbeiterin herein.
"Also, sie hatte um 9:45 Uhr angerufen und sagte, sie würde heute nicht vorbeikommen. Freier Tag. Wir sollen Ihnen Zugang zum Tresor verschaffen, sobald Sie diesen brauchen, meinte sie."

Super, der Montag hätte wirklich nicht besser laufen können. Ich wollte mir nur noch den Rest des Tages frei nehmen.

"Sagen Sie ihr einfach, dass ich morgen wieder hier bin. Morgen ist sie doch da, oder?"

"Ich denke schon", sagte sie und machte mit ihrer Arbeit weiter.

+++

Zurück im Wohnmobil musste ich feststellen, dass Jen alles an Hähnchen verputzt hat, was da gewesen war. Sie war wieder am Schlafen. Na ja, wenigstens hatte die Bar auf. Ich zog mich um ging die Straße hinunter. Es war erst 1:30 Uhr, als ich an der Bar ankam, aber es waren schon genug Stammgäste anwesend. Dem Aussehen und Geruch nach, mussten das Viehzüchter sein. Die kleine dralle Bardame, die Getränke hinter der Bar mischte, öffnete und verteilte die Biere in Rekordgeschwindigkeit.

"Wie, keinen Zapfhahn?" fragte ich sie.
"Hey, du scheinst neu zu sein. Wir hatten mal einen Zapfhahn aber den Neandertalern da ist es egal. Wir brauchen eigentlich nur ein paar tausend Flaschen verschiedener Marken und schon muss man keine Gläser mehr waschen."

"Effizient. Was habt ihr sonst noch außer Bier?" fragte ich.
"Na ja, Whiskey, Jack und Cola, was auch immer du magst."
"Kannst du mir einen Long Slow Screw Against The Wall machen?"
Sie lächelte.
"Das heißt eigentlich Long Slow Comfortable Scew Against the Wall. Galliano haben wir aber nicht."
"Oh, du kennst eure Drinks also?"
"Natürlich. Gelernt habe ich alles in Chicago. Hab da so fünf Jahre verbracht."

"Und was führt dich hierher, in dieses Teufelsloch?"

"Was bringt mich zurück trifft's eher. Klischeemäßig: ein Junge. Ich ging hier zur Schule aber wollte unbedingt weg von hier. Aber die Großstadt war dann doch nicht so meins. Letztendlich kam er dann nach Chicago und hat mich gefragt, ob ich zurückkommen würde. Und ehrlich gesagt war ich bereit dafür. Ich hatte mich da nur eingeengt gefühlt aber am Ende ging es doch noch", sagte sie. "Kommst du aus Chicago?"

"Geboren und aufgewachsen. War nur für eine Weile weg, als ich in New York aufs College ging. Hast wohl auch einen Rancher geheiratet?"

"Nein, Bauer."

Plötzlich betrat eine Gruppe rüpelhafter Typen die Bar. Die Gruppe bestellte 20 Biere, im Durchschnitt jeweils etwa drei für jeden. Einer von den Typen sah so aus, als wäre er Sam Elliots Doppelgänger aus "Road House". Jeder in der Bar schien glücklich zu sein, als sie ihn sahen. Ich schätze, dass er bezahlen würde.

"Und, wie wäre es mit einem Tequila Sunrise?" fragte ich sie.

"Eher ein Drink für Mädels hier. Lass dich bloß nicht damit erwischen."

"Ich brauche eigentlich mein Vitamin C für den Tag. Meine Geschäftspartnerin ist krank und gerade jetzt brauche ich das wirklich."

"Wow, schon mal daran gedacht, eine Orange zu essen oder sich ausgewogen zu ernähren? Oder vielleicht mal eine Vitamin-Tablette nehmen?"

"Wer ist dieser Kerl, der so aussieht wie ein Cowboy? Silberne Haare, Highlight der Party?"

"Der Typ? Chris Gentry. Kommt zwei- oder dreimal die Woche mit seiner Truppe und ein paar Bauern hierher. Die machen hier etwas Lärm und spielen Darts. So ist das mit den Bauern und Viehzüchtern. Sie arbeiten hart und haben's drauf", sagte sie.

"Verstehe", sagte ich, nahm meinen Drink entgegen und setzte mich hin.

+ Ellis

Ich war ziemlich hart zu Chris gewesen, als er mich in der Bank besuchte. Ich habe mir den ganzen Sonntag über Vorwürfe gemacht, und die bevorstehende Revision machte es nicht besser. Er hatte es nicht verdient, dass ich ihn so schlecht behandelt habe. Außerdem war er der beste Kunde der Bank und hatte eine Menge Geld durch uns laufen lassen. Aber er macht mich einfach so sauer. Ich hasse es, wenn er mich "kleine Dame" nennt.

Ich wollte mir den Tag freinehmen und ihn auf seinem Bauernhof besuchen. Ich wollte mich entschuldigen. Doch als ich dort ankam, war er nicht da. Ich schätze, es war etwas Hilfe auf einem seiner anderen Bauernhöfe nötig, und deswegen war er nicht anwesend. So wie ich Chris kenne, war er bestimmt dabei, einen Traktor zu reparieren oder vielleicht bei der Geburt eines Kalbs zu helfen. Er war ein echt guter Kerl, wäre er doch bloß nicht so ein Chauvinist.

Da ich ihn nicht antreffen konnte, ging ich zur Entspannung einkaufen. Ich rief die Bank an und sagte, dass sie dem Prüfer jeglichen Zugang gewähren sollen, der nötig wäre. Ich wusste, dass das nicht gut ankommen würde, aber der Revisor, ich glaube Martin hieß er, würde darüber hinwegkommen. Trotzdem machte ich mir Sorgen und wollte mich mit Chris treffen. Es war fast 14 Uhr und ich hatte schon so eine Ahnung, wo er sein würde. Er gab seinen Freunden sicher wieder etwas aus, also fuhr ich rüber zur Bar.

Es war keine Überraschung, als ich seinen Wagen vor der Bar stehen sah. Als ich auch nur einen

Schritt in die Bar machte, konnte ich hören wie Chris und seine Kumpels sich beim Dartspiel die verschiedensten Beleidigungen zuriefen. Chris war damals an der Uni so eine Art Dart-Champion und war stolz auf sein Können. Manchmal gingen die Leute mit ihm Wetten ein, um zu sehen, wie gut er wirklich war.

"Na, sieh einer mal diesen Kerl an?" sagte ich und ging auf Chris zu. Seine Aufmerksamkeit hatte ich sofort.

"Hi, Ellis. Ich spiele ja nicht so ernst, habe denen sogar 5 Punkte für den Anfang gegeben. Willst du mitmachen? 5 Dollar für einen Treffer in der Mitte." Sagte er. "Außer du denkst, ich würde sie ausnutzen."

"Okay Chris. Ich wollte mich bei dir für das, was ich zu dir sagte, entschuldigen. Es ist nur so, ich mache mir Sorgen um die Prü-" Chris nahm und zog mich an sich. Solange es um eine Entschuldigung oder ernsthafte Situation ging, schien Chris immer in die Offensive gehen und mich anfassen zu wollen.

"Es gäbe eine Menge Schuld zum Verteilen. So, was hast du gemeint, wir könnten eine private Party haben?"
Oh Mann, dachte ich und schubste ihn leicht weg. Er stank im Moment unausstehlich.

Plötzlich hörte ich eine Stimme hinter mir.
"Stört er Sie?"

Es war Martin. Ich war mir nicht sicher, ob das ein Spaß war oder ob er ernsthaft dachte, ich könnte mit Chris nicht alleine klarkommen. Aber natürlich zog Martin die Aufmerksamkeit von Chris sofort an. Ich war mir sicher, dass das nicht gut ausgehen würde.

+ Martin

Wer hätte es gedacht, die Typen waren tatsächlich sehr rauflustig drauf. Besonders nach der zweiten Runde Bier. Sie hörten nicht mehr auf, den Arsch der Wirtin anzufassen, wann immer sie ihnen das Bier brachte. Sie war verständlicherweise sauer auf die Männer. Einer von ihnen warf sogar eine Flasche gegen den Kamin. Die Flasche zerbrach in Scherben. "Hey, die muss ich wieder zurückgeben. Du Arsch!"

"Schreib das auf meine Rechnung, Kleine", sagte der eine Typ, dieser Chris. "Und besorg' uns noch eine Runde!"

Eine wahrhaft tolle Ansicht. Als ob diese Kerle noch mehr Alkohol nötig hätten. Ich stellte allerdings fest, dass Chris nicht wirklich etwas getrunken hatte. Ich kenne solche Leute. Sie strahlen vor den anderen und bringen sie zum Feiern und lachen. Aber an sich sind sie wie Politiker, die versuchen, ihr Volk zufrieden zu stellen. Aber es schien recht simpel für ihn zu sein, seine Leute munter zu machen.

Plötzlich sah ich, wie Ellis die Bar betrat und zu Chris rüberging. Ich weiß nicht, was er sagte, aber er zog sie auf einmal an sich ran. Das gefiel ihr nicht. Ich hatte in dem Moment mal wieder die gute Idee, mich einzumischen.

"Stört er Sie?" Sagte ich und wollte damit charmant und gefühlvoll wirken, was jedoch anders rüberkam, als gedacht. Chris zog Ellis zur Seite und stand plötzlich direkt vor mir. Der Typ muss zwei Meter groß sein.

"Was sagst du? Besser du verpisst dich, Stadtgesindel, bevor ich dich persönlich rausschmeiße."

"Ich weiß ja nicht, aber das hier ist eine öffentliche Bar. Wenn du nicht der Besitzer bist, darf ich hier ungestört bleiben. Scheint nicht so, als ob die Dame die Aktion gerade so toll fand.

"Was willst du denn schon tun? Geh weiter an deinen Mädchen-Drinks schlürfen, so wie die Weiber das machen."

Er wollte mir Angst machen, aber das ist ja keine Überraschung. Jemand Kluges meinte einmal "Pikse nicht den Bären", aber für kluge Entscheidungen war ich nicht bekannt, wenn es um aufgepumpte Typen in der Bar ging.

"Was? Als nächstes sagst du mir, dass wir beide rausgehen sollen, um das zu klären", sagte ich.

"Verdammt nochmal. Hört auf!" Sagte Ellis.

"Halt dich da raus. Das Stadtgesindel braucht 'ne Tanzlektion."

Los geht's. Hab wohl nicht alles durchdacht. Außerdem waren noch sechs weitere Leute auf seiner Seite aber ich hoffte, sie hätten wenigstens genug Ehre, uns alleine kämpfen zu lassen.

"Soll ich anfangen, oder machst du das?"

"Ich würde dir so gerne die Fresse polieren", sagte Chris.

Was auch immer geschehen sollte, sollte schnell geschehen. Die Wirtin hatte bereits ihr Telefon in der Hand. Die anderen sechs zogen sich zurück, also nur er und ich, die es angehen würden. Er wollte anscheinend anfangen, als er seine Faust schwang und seinen Körper

56

zur Seite bewegte. Ich glaube ich hatte bisher noch nicht erwähnt, dass ich Aikido gelernt habe. Ich bin kein Kämpfer, eher ein Liebhaber. Aber wenn man ein Liebhaber ist, verärgert man nur zu oft die Kämpfer, die der Meinung sind, deren Freundinnen wären ihr Eigentum. Auf dem College habe ich sehr oft was abbekommen, deshalb entschied ich mich für drei Jahre einen Kampfsport als Wahlfach zu belegen.

Ich stehe nicht so sehr auf Schlagen oder Treten. Ebenso gefiel mir Greifen nicht, weswegen nur noch Aikido für mich übrigblieb. Aikido ist grob gesagt die Kunst, den Schwung eines anderen gegen ihn einzusetzen. Ich packte sein Handgelenk und schleuderte ihn durch die ganze Bar.

"Ach du heilige Scheiße. Hast du gesehen, wie er Chris problemlos durch den Raum geworfen hat?"

Kein guter Zeitpunkt für den Kommentar. Normalerweise folgt auf sowas die sechsköpfige Gruppe, die ihrem Freund helfen will. Es dauerte nicht lange und drei weitere Leute wurden durch den Raum geschleudert. Chris war dann schon wieder auf den Beinen. Er verpasste noch eine Faust, die ich nutzte und er flog regelrecht gegen die Bartheke.

"Komm schon du, Stück Scheiße, kämpf doch", sagte Chris.

"Das tue ich. So machen das mädchenhafte Jungs, die ihre Weiber-Drinks genießen. Vielleicht willst du endlich mal runterkommen."

Chris wollte gerade seine Faust ausholen, als wir alle das bekannte Geräusch einer Schrotflinte hörten. Jeder verfiel in Stille und blieb ruhig.

"Der Sheriff wird in ein paar Minuten hier sein. Aber wenn ihr so weitermacht, schieße ich noch jemandem in den Arsch. Los, ab nach Hause", sagte die Wirtin. Mit ihr war nicht mehr zu scherzen. Ich hielt meine Hände oben, ging rückwärts zur Tür, nahm mir noch den letzten Schluck meines Drinks und verließ die Bar.

+ Ellis

Ich konnte nicht glauben, was ich da sah. Martin war viel kleiner als Chris, und doch stellte er sich ihm gegenüber. Entweder er hatte eine Waffe dabei oder wusste, wie man kämpft. Chris ist groß und fies und nicht viele Leute würden sich mit ihm für einen fairen Kampf anlegen.

Ich wollte aber nur noch, dass sie mit dem Scheiß aufhörten. Es war doch sowieso ein Schwanzgrößenvergleich.

Alles, was ich tun konnte, war, mich mit der Wirtin an die Bar zu stellen und zu hoffen, dass niemand ernsthaft verletzt wird. Wir waren beide überrascht, dass die Situation einem Jackie-Chan-Film ähnelte. Niemand konnte Martin einen Schlag verpassen. Aber ich war ebenso beeindruckt, dass Martin auch niemanden so wirklich geschlagen hatte. Er warf sie nur herum wie Stoffpuppen. Schließlich hatte die Barkeeperin genug davon, rief den Sheriff an und holte ihre Schrotflinte heraus.

Martin war der erste, der die Bar verließ. Aber ich wusste, dass sie draußen weitermachen würden. Ich stellte mich also dazwischen.

"Lass es, Chris! Steig in dein Auto und fahr nach Hause. Oder komm runter."

"Was? Ich lasse mich doch nicht von so einem wie ihm mit Respektlosigkeit behandeln."

"Erstens, ihr beide seid Idioten. Zweitens, doch, das kannst du. Er ist in unsere Stadt gekommen, weil er als Prüfer für Banken arbeitet und ich kann nicht noch mehr Schwierigkeiten gebrauchen. Willst du die Kredite von meiner Bank noch oder willst du, dass die Bank geschlossen wird, weil er sich etwas zu genau mit dem Papierkram beschäftigt, der vor acht Jahren erstellt aber nicht richtig gemacht wurde? Ich kümmere mich um ihn, dann gibt es weniger Ärger."

Das passte Chris überhaupt nicht. Sein Ego war angeschlagen, genauso wie er selbst, aber seine Freunde und er halfen dabei, die Stühle und Tische wieder aufzuheben und aufzustellen. Als der Sheriff ankam, wirkte es so, als ob nichts geschehen wäre. Chris lud ihn auf einen Drink ein. Jeder verstand sich wieder. Ich konnte den Dienstag kaum noch erwarten.

Dienstag

+ Martin

Dienstag schien es Jen schon wieder besser zu gehen. Sie hatte sich DayQuil bei der Apotheke besorgt und dann ihre Kameras und ihren Computer herausgeholt. Ich fand sie schließlich an den verdammten Mülltonnen, als sie sich die Schlösser anschaute.

"Was machst du da?"

"Ich sagte ja, das erste was ich mache ist, mir diese Mülltonnen anzusehen. Das war kein Spaß", sagte sie. Sie machte ein paar Bilder und drehte das Schloss auf. "Na, habe ich doch gesagt."

Wir schauten in die Mülltonnen hinein und sahen haufenweise Papier darin. Jen kletterte in die Mülltonne hinein und sah nach, ob irgendwelche vertraulichen Papiere dabei waren. Sie würde sicher 'ne ganze Stunde darin verbringen, bis sie zufrieden war.

"Alles klar, ich gehe mal rüber ins Diner. Soll ich dir was mitbringen?"

"Nein, ich frühstücke nicht", sagte sie.

"Guter Witz. Du hast all die Hähnchen aufgegessen", sagte ich.

"Ich esse, wenn ich krank bin. Die ganze Zeit. Nur wenn ich krank bin, kann ich ohne schlechtes Gewissen essen und nicht zunehmen," sagte sie, als sie ein paar Aufnahmen von den Papieren machte, die sie gefunden hatte.

Sie war auf jeden Fall seltsam. Wie dem auch sei. Ich ging zum Diner und bestellte mir das einzige Frühstück, was da war. Grütze war nicht so mein Ding. Ein etwas größerer, schlanker Mann kam mit einer Box voller Papiere herein.

"Leonard, richtig?"

"Richtig. Meine Frau sagte, ich soll diese Papiere mitbringen. Muss ich auch hierbleiben? Ich muss nämlich noch ein paar andere Dinge erledigen. Ich muss zu ihnen fahren, weil der Traktor nicht zu mir kommen kann und ich einen Kompressor mieten muss, bevor der denen ausgeht – die haben nur den einen. Alles, was die Jungs vom Finanzamt wollten, ist dabei. Na ja, und noch ein paar neue Sachen."

"Geht in Ordnung. Vermietest du oft Werkzeug?"

"Ab und zu, ja. Mir gehört es ja nicht, das läuft über meinen Bruder und ich überprüfe nur alles."

"Gibst du ihm auch irgendwas zurück dafür? Und hat er Aufzeichnungen darüber, was du überprüfst?"

"Natürlich. Er braucht einen Tracker um herauszufinden, wo seine Sachen sind. Und ja, ich arbeite ohne Bezahlung an seinen Maschinen und Fahrzeugen."

„Bring deinen Bruder morgen mit zum Frühstück. Ich denke ich kann euch beiden dabei helfen, eure Steuerabgaben zu senken."

Ich ass mein Frühstück noch zu Ende und machte mich dann auf den Weg zur Bank. Ich konnte es kaum erwarten Ellis nach der Sache in der Bar gestern wiederzusehen. Noch weniger konnte ich es erwarten, dass sie von John von der aufgeschlossenen Mülltonne erfährt.

+++

Wie bereits erwartet, hatte die Truppe in der Bank schon von der Geschichte aus der Bar erfahren. Aber auch die Kreditsachbearbeiterin hatte von Leonard und seinen Steuerbedürfnissen gehört. Das hilft mir wohl nicht weiter, denn es scheint so, als ob sie sich um seine Steuern gekümmert hat und mich jetzt wie einen Steuerprüfer ansah.

Zumindest kann ich heute endlich den Tresorraum betreten und dem ganzen Papier auf den Grund gehen. Die ganzen Papier-Geschichten waren der schwierigste Teil der Arbeit, und deshalb hasste ich kleine Banken in kleinen Orten. Ich würde wahrscheinlich bis Samstag nicht damit fertig werden. Natürlich nur, wenn mir die Bank dabei nicht behilflich ist. Schließlich kam Ellis um 10 Uhr herein und ich wollte gleich zum Geschäftlichen kommen. Leider wollte sie das nicht.

"Was war das gestern in der Bar?"

"Ich möchte nicht wirklich darüber reden. Außerdem habe ich ihn geschont. Sie wissen auch, dass ich nicht angefangen habe."

"Sie haben nicht angefangen, aber ihn angestachelt."

"Und Sie haben nicht viel dagegen unternommen."

Sie schäumte vor Wut und ich hatte noch Arbeit zu erledigen. Also nahm ich meinen Computer und ging dorthin, wo die Treppe zum Tresor sein sollte. Ich drehte mich um und sah sie an. Ziemlich sexy, so sauer wie sie war. "Wir können das den ganzen Tag machen oder Sie gehen an die Arbeit. Sie sehen es nie auf meine Art und ich sehe es nicht auf Ihre. Letzten Endes ist es dem FDC scheißegal, und auch der Bankenkommission ist es scheißegal."

"Halten Sie sich einfach von der Bar fern."

"Ich gehe wohin ich will, und wie Sie sehen können, bin ich nicht leicht einzuschüchtern. Also lassen Sie uns zum Tresor gehen und sehen, was wir finden können."

Wir arbeiteten die Hälfte der Papiere ab, mehr als ich erwartet hatte. Ellis half mit, und sie kannte den Tresor so wie ihre Hosentasche. Jen ist nicht mitgekommen. Als ich dann Feierabend machen wollte, fand ich auch heraus, warum. Nachdem sie mit der Mülltonne fertig war, die sie gefunden hatte, fühlte sie sich zu schwach, um weiterzumachen. Sie verriegelte die Tonne und ging ins Bett.

+ Ellis

Martin war rasend schnell und ich konnte nicht fassen, wie schnell er im Kopf Zahlen addieren konnte, wenn er sich Papiere ansah und ihre Relevanz innerhalb einer Sekunde zu Dingen bestimmte, die er noch nie zuvor gesehen hatte. Eins der Mädchen erzählte mir, dass Martin Leonard mit seinen Steuern geholfen hatte. Das hatte sie zumindest von der Wirtin erfahren, die das wiederum von der Kellnerin aus dem Diner zugeflüstert bekommen hatte. Was das Diner anging, so war Martin für alle dort ein Goldjunge.

Er war ein Tier, wenn es um die Arbeit ging, und machte vor nichts Halt. Ich aß mein Mittagessen unten im Tresor und beobachte ihn. Es war irgendwie sexy. Ich war die Streberin im College gewesen, die Wirtschaft und Bankwesen studierte, also ging ich nicht besonders oft raus. Nicht, dass ich das gewollt hätte, aber die meisten anderen Studenten verstanden wirklich nicht, warum ich die Wirtschaft so mag. Es schien so, als ob viele der anderen Studenten es einfach grundlos studierten, nur um dann Partys zu machen. Ich habe noch nie jemanden kennengelernt, der sich so sehr auf dieses Zeug eingelassen hat wie ich. Es wirkte so, als hätte Martin von allem etwas. Wenn er nur nicht so klein wäre.

Mittwoch

Am Mittwoch traf ich mich mit Leonard und seinem Bruder und erklärte ihnen, dass sie damit beginnen müssten, sich gegenseitig Quittungen zu erstellen und den üblichen Preis für die Werkzeuge zu berechnen. Ich sagte ihm, ich wüsste, dass er eigentlich kein Geld hatte, aber die Quittung würde zeigen, dass er Schulden hatte. Da es sich um eine Werkzeugmiete für sein Geschäft handelte, konnte er den größten Teil dieser Ausgaben abschreiben. Als ich die Rückgaben der letzten fünf Jahre durchgegangen war, fand ich etwa 200 Dollar, die ihm zustanden. Als ich mir seine tatsächlichen Formulare ansah, merkte ich, dass er alleine seine Steuern einreichte, und ich fand heraus, dass er und seine Frau nicht wirklich verheiratet waren. Das machte ihn und seine Kinder zum Kopf des Haushalts, was im Grunde genommen nur ein Umverteilungsschema der Bundesregierung ist – sie schuldeten ihm fast 3000 Dollar pro Jahr.

Ich rief einen Steuerberater aus Chicago an, den ich kannte, und schickte ihm einige Unterlagen und Zahlen. Ich holte die alten Steuererklärungen raus und füllte sie alle erneut aus. Es war ungefähr 10:30 Uhr und ich war spät dran, als ich fertig war. Ellis suchte nach mir.
    "Nehmen Sie sich den Tag frei?" fragte Ellis.
    "Nein, ich bin hier fertig und gleich da."
    Dann kam Mabel und wärmte meinen Kaffee auf. "Liebling", meinte sie zu Ellis. "Ist es nicht großartig, dass Martin 15.000 Dollar rausholen konnte, nur weil die Steuerbehörde einen Fehler gemacht hat? Wenn ich nur

halbwegs vernünftig wäre, würde ich mich mit ihm anfreunden." Sie zwinkerte Ellis zu.

Ellis wurde daraufhin ein wenig rot. Wir verbrachten den Rest des Tages im Tresor und machten die Papiere fertig.

+ Ellis

Martin hat mich den ganzen Tag angeschaut. Ich dachte, dass bei uns etwas mehr als nur Zahlen im Spiel sind. Ich fing an zu denken, er könnte doch eine freundlichere Person sein und ich stellte mir vor wie es wäre, wenn er auf mich stehen würde. Aber mir war klar, dass das nur eine Fantasie war, denn wie sollte ich mich ihm überhaupt nähern, ohne dass alle in der Stadt davon wüssten und Chris darauf ansprechen würden. Das ging mir die ganze Zeit durch den Kopf. Ich mag Chris, aber er war nicht so raffiniert wie Martin und schien mich weniger zu verstehen. Es war nicht seine Schuld, dass er seine eigene Persönlichkeit hatte, aber ich weiß auch, dass er die Art und Weise, wie Martin mich verstanden hat, nicht verstehen würde. Langsam fing ich an, mich widersprüchlich und verwirrt zu fühlen. Ich hatte Martin gerade erst kennen gelernt und kannte Chris schon seit Jahren, aber plötzlich hatte ich das Gefühl, mich zwischen den beiden entscheiden zu müssen.

Im Tresorraum wurde es mal wieder zu warm, also zog ich meinen Mantel aus. Es war erstaunlich, dass wir so gut zusammengearbeitet hatten, so dass wir die meisten Daten bis zum Ende des Tages gesammelt hatten. Es war ein langer Tag, aber dennoch erstaunlich.
"Nun, das war's. Das wäre alles an Papier, der Rest läuft elektronisch. Das kann ich Ihnen dann morgen zeigen", sagte ich.
"Cool."

"Wir sollten das feiern, finden Sie nicht? Ich bin mir ziemlich sicher, dass Sie das nicht ernst meinten, aber Sie hatten mir noch ein Bier angeboten."

"Na ja, dann müssten Sie mit in meinen Wohnwagen. Aber was würden die Leute denken? Besonders Ihr Freund." sagte Martin.

"Ich war eine Weile mit Chris zusammen, aber er ist nicht mein Freund."

"Läuft da gerade eine Pause?"

Verständlich, dass er fragte. Er wollte vorsichtig nachfragen um herauszufinden, was meine Motivation war. Ich war mir da selbst nicht sicher.

"Nein, er ist jetzt nur noch ein Kunde. Außerdem sollte es passen, immerhin haben Sie ja noch Ihre IT-Kollegin im Wohnwagen. Was kann da schon passieren?"

"Ich wäre mir da nicht allzu sicher. Ein Kerl aus der Großstadt, zusammen mit zwei Frauen in einem Wohnwagen. Die Post würde direkt abgehen an so einem kleinen Ort", sagte Martin.

"Das würde Ihnen gefallen, nicht wahr?"

"Ein Dreier oder ein Skandal. Wem mache ich was vor, natürlich würde mir das gefallen. Aber Sie sind zu zurückhaltend. Ich denke nicht, dass Sie damit klarkommen werden. So wie Sie mit Chris umgehen, kommen Sie sowieso nicht damit klar."

"Was soll das heißen, mit Chris umgehen? Da gibt es nichts", sagte ich. "Außerdem bin ich nicht zu zurückhalten, ich kann so locker sein wie ich will."

"Wirklich? Wann haben Sie das letzte Mal eine Spritztour gehabt?"

"Was? Sie sind ein Schwein."

"Sie hatten die meiste Schuld an dem, was letztens passiert ist. Warum führen Sie sich so auf, als wären Sie das Opfer? Sie haben doch genug Macht."

"Vielleicht in einer freien Stadt wie Chicago, aber wir sind hier draußen, weit entfernt von der Großstadt. Hier ist alles etwas anders."

"Es ist überall dasselbe. Wir wollen die gleichen Dinge. Unsere Arbeitsweise ist kein Rätsel. So ähnlich wie ein Hund. Er gerät in Verwirrung, wenn ihm zu viel Kontrolle gegeben wird."

Ich wusste nicht, was ich noch sagen sollte. Ich wollte, dass er falsch liegt und ich wollte Fehler in den Dingen finden, die er sagte. Ich brauchte aber eine Weile um zu entscheiden, ob seine Herangehensweise auf einer frauenfeindlichen oder doch feministischen Denkweise basierte.

"Sie sagen also, Frauen hätten all die Macht?" fragte ich.

"Richtig. Sie könnten mich jetzt dazu bringen, so ziemlich alles zu tun. Alles, was Sie tun müssen, ist ‚Ja' zu sagen." sagte Martin.

"Ehrlich? Und zu was würde ich ‚Ja' sagen?" sagte ich auf neugierige Weise und fing an, mehr Wärme zu spüren.

„Sie wissen, wovon ich spreche. Sie stehen da mit Ihren Nippeln die durch Ihr Hemd hervorstechen. Ihnen ist es zu heiß und Sie sind dadurch leicht verärgert.

Das fiel mir auf, als Sie Ihren Mantel auszogen und mich auscheckten", sagte Martin.

Wir standen uns jetzt ziemlich nahe, und er hatte nicht Unrecht. Ich fühlte mich angezogen und wollte die verbotene Frucht eines Mannes, den ich nicht kannte. Das sah mir gar nicht ähnlich, ich habe solcherlei Dinge nie getan. Ich habe keine Männer in Bars aufgegabelt oder mit ihnen rumgemacht, weshalb also ging mir Martin so tief unter die Haut? Wir wollten uns gerade küssen, als plötzlich ein kleiner Alarm ausgelöst wurde. Scheiße, es war schon 6 Uhr.

"Was ist denn das?" fragte Martin und sah sich um. "Werden wir ausgeraubt?"

"Scheiße, nein. Die verdammte Tresortür hat uns gerade die 15-Sekunden-Warnung gegeben. Das Schloss hängt an einem Timer und die Tür geht gleich zu."

"Aber sie ist offen und bewegt sich nicht? Wie können wir bitte eingeschlossen werden?"

"Die große Tresortür, die Stahltür oben auf der Treppe", sagte ich und rannte los.

Ich schaffte es nicht, ich hörte, wie der Riegel kräftig einrastete. Wir waren somit eingeschlossen, gefangen.

"Verdammt, echt toll. Wir kommen hier bis 6 Uhr morgens nicht raus."

"Das klingt gar nicht so schlecht", sagte Martin.
"Da kommt erst die Sachbearbeiterin wieder."

"Oh, okay. Kein Problem. Kein Riesending, ich rufe Jen an und sie kann die Türe sicher öffnen; es gibt bestimmt eine Übersteuerungsmöglichkeit, richtig?"

"Nein, nicht wirklich."

"Es ist eine Ja- oder Nein-Frage. Und da der Tresorraum ein gesicherter Raum ist, sollte es am besten ein Ja sein. Ansonsten wird Jen Sie melden."

"Meinen Sie das jetzt wirklich ernst? Wir stecken hier drin fest und Sie sind mit Ihrer Prüfung noch nicht fertig?"

"Sehen Sie? Sie sind überhaupt nicht locker." Seine Hand streichelte meine Brust.

"Sehen Sie das Positive darin", sagte er und küsste mich.

"Was ist das Positive daran?"

"Niemand erwischt Sie dabei, wie Sie in den Wohnwagen gehen."

+ Martin

Mit Ellis im Tresorraum eingesperrt zu werden
war nicht mein Plan. Ich hatte auf eine Nacht voll Schlaf
gehofft. Aber es hätte schlimmer sein können. Immerhin
stand ich jetzt mit Ellis am Stahltor und kam ihr mit einem
Kuss näher. Ich streichelte ihren Körper weiter,
eingesperrt sein war also doch nicht so schlimm.

"Erzählen Sie mir mal von dieser Kontrolle, die
ich habe", sagte sie.

"Sie hören sich nicht so an, als würden Sie mir
glauben. Das ist verletzend", sagte ich und tat so, als ob
ich verletzt wäre.

"Na ja, es hört sich einfach an wie Schwachsinn,
den Sie Frauen erzählen, damit sie ihr Höschen für Sie
ausziehen. Meine Meinung."

"Sehen Sie, das ist das Problem mit Frauen, sie
trinken Kool-Aid für Feministen."

"Okay, jetzt weiß ich, dass Sie Scheiße labern."

"Nein, denken Sie mal ernsthaft an all die
Frauen, die Sie mal kannten und an ihre Familien… und
an all die Macht, die sie hatten. Waren sie immer diese
Top-Führungskräfte? Oder waren da auch normale
Hausfrauen, die das Sagen hatten?", sagte ich.

"Mir fällt niemand ein."

"Ihre Mutter vielleicht? Oder Ihre Großmutter?"

"Also eine Großmutter hatte meinen Großvater
um den Finger gewickelt", sagte sie.

"Sehen Sie, das meine ich damit. Ihre
Großmutter lebte doch in einem feministisch aufgeklärten
Zeitalter, oder?" fragte ich.

"Nicht wirklich, meine Großmutter wurde 1910 geboren. Okay, ich verstehe, worauf Sie hinauswollen, aber der Scheiß funktioniert nicht mehr."

"Wirklich? Denken Sie das nicht?", sagte ich und öffnete den Reißverschluss meines Hosenschlitzes und zog meinen Schwanz raus. "Mach schon und fass ihn an."

"Was? Nein!"

"Warum willst du nicht. Ich meine, du hast mich dich einfach küssen und deine Titten anfassen lassen? Fass doch meinen Schwanz an."

"So funktioniert das nicht, man muss schon richtig fragen."

"Wer sagt das? Ehrlich, wer stellt schon solche Regeln auf."

Die Zahnräder bewegten sich, aber sie wollte einfach nicht zugeben, dass der Grund für all das die von ihr selbst aufgestellte Regel war, sei es aus eigener Moral oder aus einem einfachen Wunsch.

"Und warum gibt es dann diese Regeln? Liegt es daran, dass Sie so verkrampft sind? Oder muss ich sie befolgen, weil Sie eine Art Belohnung sind, wenn ich sie befolge?"

Sie biss sich auf ihre Lippen und gab keine Antwort, aber ich konnte schwören, ich hatte sie.

+ Ellis

Martin hatte war besessen darauf, mir das Sagen zu überlassen. Ich würde sagen, dass ich mich über die Jahre hinweg sicherlich nicht besonders verantwortlich gefühlt habe. Beziehungen schienen verwirrend und verworren, fast schon zu schwierig zu sein, aber so soll es ja sein, oder? Man muss sich Mühe geben, so sagt man. Offen gesagt, Beziehungen haben mich über die Jahre so viel Kraft gekostet, dass ich sie einfach eingehen oder sein lassen kann. Nicht, dass ich nicht wollte, aber es hat mir so viel abverlangt und endete meist in einer Enttäuschung.

Jetzt sagte Martin mir, es sei meine Schuld. Aber vieles von dem, was er sagte, machte Sinn. Trotzdem, wenn ich so handeln würde, wäre ich ein Spielverderber, oder? Oder schlimmstenfalls würde ich den Ruf bekommen, nicht ansprechbar zu sein.

"Okay, Klugscheißer", sagte ich, als ich auf der kleinen Theke im Tresor Platz nahm. "Angenommen, du hast Recht, und das hast du übrigens nicht, aber einfach nur mal angenommen. Was du damit sagen willst ist, dass die gesamte Frauenbefreiung und das Wahlrecht nicht richtig ist. Wir hätten barfuß und schwanger in der Küche bleiben sollen."

Er kam zu mir herüber und legte seine Hände auf meine Hüften. "Das wollte ich damit eigentlich nicht sagen. Zwei verschiedene Argumente. Ich sagte nur, dass du die Kontrolle hast und ich Recht habe. Ich habe nie

76

gesagt, dass Frauen keine Rechte verdienen, dass sie nicht in der Lage sein sollten, das zu tun, was sie wollen.

"So ist das also? Martin, der sich gerne sagen lässt, was er tun soll. Das ist doch überhaupt nicht männlich. Ich glaube nicht, dass irgendetwas davon bei jemandem wie Chris funktionieren wird."

"Nein, ich glaube nicht, dass ich nicht männlich bin, nur weil ich einer Frau gefallen möchte. Und du irrst dich, es wird bei einem Typen wie Chris noch besser funktionieren. Du siehst doch, was er alles für Anerkennung tut. Er bestellt ohne zu zucken mehrere Runden Bier", sagte Martin. "Bei ihm dreht sich alles um Anerkennung. Er sucht sie nicht nur, er wird auch von ihr kontrolliert."

Chris hatte eine Menge an Investitionen, Darlehen, Vieh und landwirtschaftliche Ausrüstung. Alles für die Menschen, die auf seinem Land arbeiteten. Könnte Martin Recht haben? Die Waage neigte sich wieder in Richtung Chris. Jetzt war ich wirklich verwirrt.

"Was würdest du tun, um mir eine Freude zu machen?"

Er führte seine Hand unter meinen Rock und zog an meiner Unterwäsche. Ich hob meinen Hintern ein wenig an und ließ ihn ran. Wie verrückt das war. Aber ich wollte nicht aufhören. Er schob meinen Rock hoch, bis zu meiner Hüfte. Ohne auch nur eine Sekunde zu zögern, kam er meiner Vagina näher. Ich spreizte meine Beine weit genug, damit er problemlos an sie herankonnte. Es war schon so lange her, dass irgendein Typ meine Klitoris geleckt hat.

"Fuck, das fühlt sich so gut an", sagte ich und führte meine Finger durch sein Haar.

"Mmmm, genau so." Ich schnurrte wortwörtlich schon, als er seine Zunge in mein Loch steckte und meine Klitoris mit seinem Daumen rieb. Er war voll dabei. Ich zog meine Bluse und meinen BH aus. Ich wollte nichts lieber machen, als auf seinen Mund zu kommen, aber jetzt stand ich in Flammen, und was ich wirklich wollte war ein Schwanz in mir. Also stupste ihn leicht zurück. Mir gefiel es sehr, dass er nicht aufhören wollte. "Fick mich."

Sein Schwanz war immer noch draußen und so hart wie ein Schürhaken. Der Tisch, auf dem ich mich lag stand niedrig, und ich fand heraus, dass sein Schwanz bei vollem Mast viel größer war, als ich dachte. Größer als jeder andere Schwanz von Männern, mit denen ich zusammen war. Zugegeben, es war keine lange Liste. Als er in mich rutschte konnte ich an nichts anderes mehr denken.

"Ach du Scheiße, der ist ja riesig", sagte ich ihm. Er fing an, mich langsam und tief zu ficken. "Scheiße," sagte ich. Ich komme."

Die Kombination aus Nackenkuss, dem langsamen Hin-und-her und dem Hochhalten meines Beines war mir zu viel. Ich konnte mich nicht zurückhalten, ein Orgasmus machte sich bemerkbar und Wellen der Lust kaskadierten durch mich hindurch. Ich rieb meine Klitoris ein wenig, um die Gefühl zu verlängern, bis es zu empfindlich war. Für mich war das eine Art Rekord, so leicht und schnell zu kommen. Für Martin war dies ein langsamer Marathon, kein Rennen.

Aber wenn es so gewesen wäre, wäre ich Erster geworden, und das war etwas Seltenes in meinem Sexualleben.

Martin ließ sich Zeit. Ich ritt ihn eine Weile, bis ich einen zweiten Orgasmus hatte und mich nicht mehr aufrecht halten konnte. Er beugte sich über mich und nahm mich von hinten. Nachdem er mich ein paar Minuten gefickt hatte, war ich wieder wahnsinnig nah dran zu kommen. Schließlich griff ich wieder unter meine Klitoris und kam zum dritten Mal zum Orgasmus. Scheiße, wird er auch noch kommen? Ich war dabei, den Sex meines Lebens zu erleben. Das mussten sicher vierzig Minuten oder schon eine Stunde sein. Ich hatte keinen Überblick mehr.

Ich hätte nie gedacht, dass ich es sagen würde, aber zurückhalten konnte ich es nicht mehr. „Ich kann nicht mehr. Ich kann nicht mehr. Es fühlt sich so geil an mit dir aber ich kann nicht mehr."

"Das höre ich gern."

"Ich kümmere mich um dich", sagte ich ihm und ging auf die Knie. Ich versuchte, seinen Schwanz in den Mund zu nehmen, aber ich konnte noch nicht mal die Eichel reinquetschen. Also holte ich ihm mit beiden Händen einen runter, während ich die Eichel leckte. Er lehnte sich zurück, und ich beobachtete ihn dabei, wie er konzentriert die Augen schloss.

"Ich komme", sagte er. Normalerweise war das das Signal für mich, aus dem Weg zu gehen, aber diesmal rührte ich mich nicht vom Fleck. Er spritzte das erste bisschen Wichse in meinen Mund und dann kam der Rest hinterhergeschossen. Ich musste alles schlucken aber die Hälfte davon lief schon über mein Kinn runter auf meine

Titten. Sein dritter Schuss traf meine Wange, weil ich mich ganz kurz von seinem Schwanz abwandte. Ich fing an zu kichern und ließ den Rest auf meinen Titten landen. „Fuck, das letzte Mal ist echt eine Weile her. Das war ja mal 'ne Ladung."

"Letzte Woche Samstagmorgen bei mir", sagte Martin, ein wenig zu stolz auf sich selbst. Ich stand auf und ohne zu zögern gab er mir einen Zungenkuss. Wow. Das war das erste Mal, und ich fand es so sexy, dass ihm das egal war. Er wollte mich einfach nur küssen.

+ Martin

Wir zogen uns wieder an, sie lächelte mich dabei an. Es war heiß und sie war durchaus eine schöne Frau, aber die Nachwirkungen von gutem Sex waren zum Kotzen. Besonders, wenn es das erste Mal war, dass man sich so fühlt.

Ich hab's nicht im Keim ersticken lassen. Es würde sicher noch das Gespräch über ein Treffen mit Freunden und die Farbe der Tischkärtchen, die sie auf ihrer Hochzeit gerne haben würde, geben. Aber direkt nach dem was gerade geschehen ist, war es nicht der richtige Zeitpunkt, so etwas anzusprechen. Deshalb war ich froh, als sie es tat.

"Das war beeindruckend. Aber das hatte mehr damit zu tun, dass du ein Liebhaber bist und nicht damit, dass ich Kontrolle habe", sagte sie.
"Ich bin ein erstaunlicher Liebhaber, und ich versuche nur deine Erwartungen zu erfüllen. Ich masturbiere hier ja nicht. Jeder Kerl würde das so machen. Wenn du ihm sagst was du willst. Und wenn er es nicht schafft, sag ihm, dass es vorbei ist."
"Wow. Also dann wäre ich doch eine richtige Zicke, wenn ich einem Typen sage, er soll mich zum Kommen bringen oder sich verpissen.
"Da braucht man nicht wirklich zickig sein."
Wir hatten gerade unsere Kleider wieder angezogen und uns nochmal geküsst, als der kleine Alarm

ertönte und das Schloss am Tor einen lauten Klick von sich gab.

"Oh mein Gott, wie lange hast du mich gefickt?" fragte Ellis und hielt sich die Hand vor den Mund.

"Hallo? Ist da unten jemand? Hallo?"

"Ach Scheiße, Sally. Die Sachbearbeiterin", sagte Ellis. "Ja, Sally, wir sind hier unten. Gott sei Dank bist du zurückgekommen."

Es lief jemand die Treppen hinunter. Wir versuchten lässig zu wirken, aber das gelang uns nicht wirklich.

„Die App hatte Bewegungen im Tresorraum gemeldet, und das nach Schalterschluss. Ich dachte mir ich komme vorbei und schaue nach, was hier los ist. Wir hätten eigentlich den Sheriff anrufen sollen aber jetzt bin ich ja hier."

Sally starrte uns beide für einen Moment an.

"Okay, danke. Wir wissen das zu schätzen. Ich dachte, wir müssten hier unten schlafen."

"Das wäre sicher eine Sauerei gewesen. Sie hätten ja gar keine Toilette."

Jetzt, wo sie das so sagte, musste ich pinkeln. Ich ging also zu den Klos.

Auf der Toilette fing ich an, über diese App nachzudenken, von der Sally sprach. Ich war verwundert. Als ich die Toiletten verließ, ging ich wieder runter um meinen Laptop zu holen und tatsächlich. Kameras. Wow. Alles klar. Das war ein äußerst großes Problem. Ich musste Jen darauf ansprechen und sie fragen, ob sie irgendwas unternehmen könne. Ansonsten wäre die

Prüfung nichts und wieder nichts gewesen. Elli erzählte ich nichts. Es gab keinen Grund dafür, sie zum Ausflippen zu bringen.

Am nächsten Morgen - Donnerstag

Jen bereitete das Frühstück vor, als ich aufwachte. Sie sah viel besser aus. Sie trug immer noch nur ein T-Shirt und wieder diese Haussocken, aber das Hemd lag höher und der Hintern war deutlich erkennbar.

"Wow, Frühstück und eine Show?"

"Nichts, was du noch nicht gesehen hast!"

"Einen Frauenarsch habe ich schon gesehen, klar doch. Aber so kenne ich dich gar nicht. So habe ich dich noch nicht gesehen. Zumindest nicht so anschaulich."

"Was ist mit Florida?"

"Was soll damit sein?"

"Nun, ich bin nackt in deinem Bett aufgewacht, nachdem, du weißt schon..."

"Was? Nein, ich war da wieder weg und traf mich noch mit irgendeiner Tussi. Du warst so zugedröhnt, dass ich dich da rauszerren und ins Bett bringen musste. Ich habe dich nicht ausgezogen. Irgendwann hast du das selbst getan."

"Aber du warst doch da und hast dich angezogen, als ich aufwachte", sagte sie verwirrt.

"Ich habe geduscht und war dabei, mich anzuziehen, klar. Aber – Warte mal einen Moment, du dachtest die ganze Zeit, wir hätten Sex gehabt? Du und ich?"

Es war ihr wohl peinlich. Verlegen zog sie ihr Hemd herunter, ging zurück in ihr Schlafzimmer und knallte die Tür zu. Scheiße. Jetzt war nicht der Zeitpunkt, sie um irgendwelche Gefallen zu bitten. Ein Teil von mir war allerdings ein bisschen sauer. Dass sie denken würde,

84

ich hätte sie ausgenutzt. Sie sollte doch wissen, dass sie wie eine Schwester für mich war. Dass ich das nicht tun würde.

Ich stand wieder auf und verputzte das Frühstück, das sie gemacht hatte. Eier und Speck.

"Dein Essen ist fertig." Und dann sah ich die beiden Teller auf dem Tisch. Toll. Sie machte mir gerade Frühstück. Aber wie es der Zufall wollte, klopfte es an der Tür. Es war Ellis, also warum meine Probleme nicht noch weiter verschlimmern? Ich öffnete die Tür, um zu sehen, was los war.

"Wir haben ein Problem", sagte Ellis und platzte herein.

"Willkommen, nur hereinspaziert."

"Was? Jetzt bist du bescheiden?", sagte sie und sah verärgert aus.

"Ich habe eine Mitbewohnerin."

"Ich habe darüber nachgedacht, und im Tresorraum war eine Kamera. Oh, ich bin so was von am Arsch", sagte sie.

"Ich wollte heute Morgen mit Jen darüber reden. Ich habe an dasselbe gedacht."

Ellis setzte sich.

"Sagt, was ihr wollt, aber sie hat Recht, ihr seid am Arsch", sagte Jen, während sie eine meiner Jogginghosen trug. Wie oder warum sie sie hatte, würde ich später herausfinden.

"Warum?"

"Es handelt sich hier um ein neues System, das vor etwa sechs Monaten installiert wurde. Es gibt ein Band vor Ort, aber es handelt sich um einen Blackbox-

Puffer. Das gesamte Video wird über eine Highspeed-Leitung übertragen und extern im Hauptrechenzentrum gespeichert", sagte sie.

"Kannst du die Daten irgendwie beschaffen?" fragte ich.

"Da kann uns nur Gott beistehen. Wie gut, dass du einen kennst", sagte sie. "Ich komme nicht an das Band, aber vielleicht kann ich es getarnt als Funktionsstörung übersteuern, mit dem Zeitstempel auf einer Schleife mit der richtigen Länge durcheinanderbringen. Aber ich muss die Mindestzeit kennen und wissen, wann ich anfangen muss."

"Als wir im Tresor feststeckten war es wie spät? Sechs Uhr? Die Kreditsachbearbeiterin kam um etwa 7:30 zurück", sagte Ellis.

"Was? Okay, wir sind wieder am Arsch", sagte Jen.

"Warum?"

"Weil die Sachbearbeiterin weiß, dass ihr euch da unten aufgehalten habt. Deshalb kann ich nicht einfach nichts anzeigen lassen. Ihr müsst im Bild sein und irgendwas machen. Irgendwas, was Leute eben so machen, wenn sie in einem Tresorraum gefangen sind. Darf ich euch mal was fragen? Hat sie euch erwischt?"

"Was? Uns erwischt?" Ellis versuchte, Jen nicht anzusehen und wurde so rot wie eine Bete.

"Nein, hatte sie nicht, da waren wir mit dem Rummachen schon fertig", sagte ich ihr.

"Ok, wir nehmen euch dabei auf, wie ihr einfach nur im Tresorraum die eineinhalb Stunden verbringt."

"Wie würden wir das machen?" fragte Ellis.

"Schalte den Alarm am Hintereingang für die physische Inspektion ab. Wir haben das schon einmal gemacht. Ich werde herumschnüffeln und Alarme aus- und einschalten, herumstöbern. Was ich da machen werde, wird nicht Prüfsicherheit bringen sein. Aber das ist eigentlich egal, weil alle Systeme so neu sind und bereits vom Unternehmen zertifiziert wurden. Aber ich kann übergründlich sein und das ignorieren", sagte Jen. "Danach müsst ihr beide verschwinden. Und Martin, du legst den Prüfermantel ab, da du natürlich nicht mehr als unabhängig giltst. Wenn du den Prüfbericht unterschreibst, könntest du in große Schwierigkeiten geraten und deine Prüferlizenz verlieren. Donald muss den Bericht unterschreiben."

"Ich weiß, ok, wir können ihn dazu bringen, das zu tun. Sag ihm, dass ich krank bin und den Bericht nicht unterschreiben kann", sagte ich.

"Ok, ich werde ihn anrufen."

Nach dem Besprechen des Plans, musste nur noch das Einfache erledigt werden. In den Tresorraum gehen und dort arbeiten. Jen wendete ihre Magie an, und wir beendeten den Bericht, bis auf den letzten Durchgang und die Unterschriften. Jen fügte auch ihren Bericht hinzu, mit einer unproblematischen Anzahl kleinerer Verstöße. Ihre Prämisse dabei war, dass sie sich weniger auf die Finanzen und mehr auf die Sicherheit konzentrieren würden. Sie wollte mich in gewisser Weise bestrafen, aber ich hatte es verdient. Ich dachte ja schließlich mit meinem Schwanz. Während Jen alles fertig machte, gingen Ellis und ich noch spazieren.

"Hungrig?" fragte ich sie.

"Ja. Ich könnte was essen."

Mable kam auf uns zu und schob ein paar Tassen zur Seite. "Na, seht euch zwei an. Habt ihr auch einen angenehmen Abend?"

"Was?" fragte Ellis.

"Man sagt, dass ihr beide im Tresor eingeschlossen wart", zwinkerte Mable.

Ellis kann dieses verdammte Rotwerden nicht kontrollieren.

"Ja. Wir waren aber nur für ein paar Minuten eingeschlossen", sagte ich.

"Länger dauert es bei mir zuhause leider auch nie“, sagte sie und nahm unsere Bestellung auf.

+ Ellis

Martin und ich sind Realisten, würde ich sagen.
Es war einfach so schön und ich kann ihn immer noch in
mir spüren. Aber das führt nirgendwohin. Dieser
unbedachte Moment könnte mich meinen Job kosten. Jetzt
weiß auch wirklich jeder in der Stadt, dass wir zusammen
eingesperrt waren. Wir hätten dort unten sogar nur Schach
spielen können und trotzdem würden Gerüchte verbreitet
werden. Trotzdem bin ich froh, dass es passiert ist. Ich
wünschte, ich könnte dieses Gefühl wieder erleben. Aber
nach dem, was Martin über Chris gesagt hat, wünschte ich
mir, es könnte mit ihm sein. Die ganze Nacht lag ich mit
einer Mischung aus Terror, Schuldgefühlen und
Aufregung da. Jetzt wo ich wusste, wie es sein könnte,
wollte ich wissen, wie ich das schaffen könnte. Martin
scheint zu denken, dass alle Männer gleich sind.
    "Also, ich wollte dich etwas fragen", sagte ich.
    "Schieß los", sagte Martin.
    "Ich will nicht, dass du das falsch verstehst. Aber
wie bringe ich Chris dazu, das für mich zu tun?"
    Er lächelte und lehnte sich zurück. "Wirklich."
    "Ich meine damit nicht, dass ich dich nicht mag
oder so."
    "Nein, alles gut. Gott sei Dank."
    "Was?"
    "Ich hatte irgendwie gehofft, dass du so denken
würdest. Du bist toll, da bin ich mir sicher, aber ich ziehe
nicht hierher, und ich vermute, dass dir dein Job auch
gefällt.
    "Und ich liebe dich nicht", sagte ich.

"Ja, und das kommt noch hinzu. Aber ich glaube durchaus, ich kann dir helfen. Ich habe das eigentlich schon ein paar Mal gemacht. Wie gesagt, er will es schon, er weiß es nur noch nicht", sagte Martin. Ich lächelte, als Martin seinen Plan darlegte. Als erstes sollte ein Abendessen anstehen und Chris irgendwie wissen lassen, dass ich mit Martin ausgehen wollte. Das war einfach. Ich ließ Mabel uns einfach dabei zuhören, wie wir den Plan schmiedeten. Geplant war, am Freitag in ein schickes Restaurant zu gehen. Das gab Chris einen Grund zur Besorgnis.

Freitag

Audits sind für mich immer spannend. Ich muss sogar sagen, es gibt kein besseres Gefühl. Ich liebe es einfach. Wer denkt Revision sei langweilig, weiß nicht, was zwischen den Zahlen passiert. Aber diesmal war's ein bisschen aufregender, als gedacht. Wir sagten Don, er müsse wegen seines speziellen Kenntnisse des Kunden eine Überprüfung vornehmen. Jen redete nicht mit mir. Und ich war am Freitag mit einer Frau unterwegs, die ihren Freund in etwas mehr, etwas „Neues" verwandeln wollte.

"Glaubst du also, er wird da sein?" Ich fragte Ellis.

"Ziemlich sicher. Ich sagte seinem Bruder, er solle nur noch etwas Bewegung in die Sache bringen. Ich hoffe, er wendet sich nicht ab. Schlimmer noch, wenn er mich komplett abschreibt", sagte sie.

Wir aßen gerade einen Salat, als er auftauchte und über den Tisch ragte.

"So ist das also. So machen wir das hier?" sagte er.

"Schau", sagte ich ihm.

"Du hältst dein verdammtes Maul", er spuckte mich an. Super, Showtime. Ich dachte, ich müsste Ellis noch dazu bringen, aber sie trat ganz von alleine in Aktion.

"Setz dich verdammt noch mal hin, Chris. Du blamierst mich vor Allen!"

"Erst wenn ich gesagt habe, wofür ich hergekommen bin", sagte er. Dann überraschte sie sogar mich.

Sie stand auf, stellte sich auf den Stuhl und ging laut auf ihn los.

„Ich sagte, setz dich hin, du blamierst mich, verdammt noch mal. Es ist mir scheißegal, was du zu sagen hast. Ich habe genug vom Zuhören. Setz dich", forderte sie. Der ganze Raum starrte Chris an. In einer kleinen Stadt geht das ganz schnell. Ich versuchte aber, nicht zu lächeln.

"Ich kann nur erraten, was du wissen willst. Also, hör mir zu. Ich habe Martin gevögelt, und es war gut. Ich habe es geliebt und bin dreimal gekommen. Ich musste ihm sagen, er soll aufhören. Ich war vor Freude außer mir. Er gab mir zu verstehen, dass ich mehr verdiene", sagte sie ihm.

"Das muss ich mir nicht anhören. Warum demütigst du mich", sagte er mit einem tiefen Ton wie Sam Elliot. Er wollte jetzt einfach nur still sein.

"Ach, es geht um dich? Nein, es geht um mich. Und ja, du musst alles hören. Weißt du was, ich schulde dir gar nichts. Wir haben uns getrennt und es war meine Schuld", sagte sie.

"Nein. Es war nicht deine Schuld. Ich weiß, ich kann ein Arsch sein", sagte er.

"Nein. Du bist nur ein Hund, der seinen Platz nicht kennt. Ich kann mich noch gut an deine Mutter erinnern. Sie hat deinen Vater nie so davonkommen lassen, wie du dich verhalten hast. Er war kein Arsch, und du bist auch kein Arsch."

Er lebte ein wenig auf, und es sah so aus, als hätte er die Hoffnung wiedergefunden.

"Also, wir können das auf die unterschiedlichste Weise tun. Wir können nach Hause gehen, wir alle drei, und Martin kann dir beibringen, wie du mich ans Bett nageln kannst", sagte sie. Das gefiel ihm überhaupt nicht. "Oder du kannst mich einfach nach Hause bringen und wir können über das reden, was ich will. Du bist ein guter Mann, aber du hast keine Ahnung von dem, was ich brauche, weil ich es dir nie gesagt habe. Und Chris, du musst dich ins Zeug legen, wenn du verstehst, was ich meine, und dich zuerst um mich kümmern."

"Das kann ich machen. Ich dachte, du findest das eklig. Ich dachte, du magst Oral nicht so", sagte er.

"Es gefällt mir sehr. Ich verstehe, warum du denkst, es wäre nichts für mich. Aber wie gesagt, es gefällt mir sehr. Aber zehn Minuten reichen da nicht, um mich auf Hochtouren zu bringen. Okay."

"Ok, lass uns reden. Bei dir."

"Nein. Bring mich nach Hause, zum Bauernhof. Ok?"

Er nickte ihr zu und lächelte sie an. Sie lächelte zurück.

"Guten Appetit, Martin."

"Ich wünsche dir ein schönes Wochenende, Ellis", sagte ich.

Ich ließ die beiden Menüs zum Mitnehmen einpacken. Jen verdiente mehr, nachdem wir sie um den einen Gefallen gebeten hatten. Mann, was für eine Woche.

+++

Ich machte mich auf den Weg zurück zum
Wohnmobil. Ich werde froh sein, wenn ich wieder in
Chicago bin und mich ein entspannen kann. Ich dachte,
das hier wäre eine ruhige Stadt, aber das Drama ist zu viel
für mich. Ich schätze, man lernt, sich in der Menge von
den anderen zu trennen.

Als ich nach der Klinke des Wohnmobils griff,
hörte ich ein leises, leises Stöhnen. Jen? Ich schaute nach.
Ja, es war scheiße von mir, aber da war sie. Die Knie
hochgebeugt, um sich einen zu rubbeln. Sie sah sich ein
Video auf ihrem Laptop an. Sie war ziemlich sexy, auch
schrullig. Sie hatte zwei Finger in ihrer Vagina und mit
der anderen Hand schob sie ihren Finger in den Hintern.
Ich hatte auf einmal einen Ständer. Man kann sagen, dass
ein weiterer Arschloch-Move noch einen anderen
verdient. Ich öffnete die Tür und betrat ihr Zimmer.

Sie sprang natürlich auf und klappte den Laptop
zu. "Ich dachte, du wärst beim Abendessen."

"Ja, anscheinend schon", sagte ich. "Ich habe was
für dich mitgebracht. Ellis hat sich mit dem Cowboy
versöhnt, und so dachte ich, dass dir ihr Essen gefallen
könnte. Lachs? Oder möchtest du lieber Steak haben?"

"Lachs ist gut." Sie war immer noch verlegen
und saß zusammengekauert auf ihrem Stuhl.

"Was siehst du dir da an?" fragte ich.

"Ähm, na ja."

"Ach, brauchst du mir nicht sagen. Ist schon in
Ordnung. Iss mal. Das war eine verdammt gute Woche.
Bei Weitem besser als Florida."

Sie klappte den Laptop auf und zeigte mir das Video.

"Oh. Ich verstehe. Ich dachte, du könntest das Video nicht wiederherstellen? Ziemlich gut, die Qualität. Aber Grau ist nicht so meins."

"Zeile 10 auf dem Bericht."

"Ich hab ihn nicht gelesen, Donald kümmert sich darum, erinnerst du dich?"

"Puffer-Fehler". Die Firma, die es installiert hat, hat die Schnittstelle zum FTP nicht initialisiert. Es hatte also etwa 48 Stunden Video darauf und nichts war hochgeladen worden. Ich rief sie an, und sie gaben mir die Codes, die ich brauchte, um alles zu löschen. Ich habe davor allerdings noch eine Kopie erstellt", sagte sie.

"Warum?"

"Jetzt habe ich also ein Video von dir, so wie du eins von mir hast."

"Ich kann's ja löschen."

"Ja, aber sowas kann nicht ungeschehen gemacht werden. Außerdem wollte ich ehrlich gesagt, dass es hier so etwas wie ein Florida gibt", sagte sie.

"Wirklich?"

"Du weißt schon, warum ich in Florida nichts gemacht habe, oder?"

"Nein. Warum?"

"Du warst betrunken. Das ist alles."

"Wirklich?", sagte sie leise.

"Wirklich?"

Wir saßen da und sie öffnete sich wieder ein wenig, während das Video abgespielt wurde. Ich sah sie an.

"Willst du ein neues Video machen?" fragte ich.

Sie nickte.

"Versprichst du, dich nicht zu verlieben?"

"Nein."

Ich ging zu ihr hinüber und küsste sie. "Danke, dass du meinen Arsch gerettet hast."

"Ja. Jetzt bist du mir was schuldig!"

"Wo sollen wir anfangen?"

"Sieht aus, als wärst du wirklich gut darin, Vaginas zu lecken. Fangen wir doch damit an."

+++

Wir wollten Urlaub machen und fuhren mit dem Wohnmobil in Jens Heimatstadt. Sie hatte recht, es war das reinste Loch. Wir machten ein paar Aufnahmen und hatten Spaß. Es war wirklich toll. Ich gab ihr ein paar Tipps, damit sie mit diesem Dillon aus der Datenanalysegruppe zusammenkommt. Was soll man noch sagen? Immer eine Brautjungfer. Es hätte aber schlimmer sein können, was meine Fickgefährtin anging.

Ich erhielt eine E-Mail von Mrs. Franklin. Anscheinend schwärmte sie davon, wie engagiert ich war, und empfahl den Leuten in New York, mich zu befördern. So etwas könnte also wirklich passieren. Ich bin sicher, Dick ist nicht allzu glücklich darüber. Wer weiß, was sie ihm gesagt hat. Allerdings bin ich mir sicher, dass es ihn wahnsinnig machte. Na ja. Vielleicht bleibe ich in Chicago, vielleicht gehe ich nach New York. Mal sehen.

+ Über Marina Peters

Marina Peters arbeitet in Teilzeit als Audit Director für eine der weltweit großen Revisionsunternehmungen. Sie mag Ihren Job, all die schönen Dinge im Leben – und Schreiben. Sie liebt ihren Ehemann und ihre zwei Kinder.

Da Schreiben Marinas Leidenschaft ist, kombiniert sie alle Themen, in denen sie über Expertenwissen verfügt damit. Daraus sind einige Sachbücher und einige belletristische Werke entstanden; unter anderem die Martin Muller Serie.

+ Marina Peters online

Marina ist auf vielen Online-Kanälen präsent:

Website: marinapetersbooks.com
Instagram: instagram.com/marinapetersbooks
Pinterest: pinterest.com/marinapetersbooks
Twitter: twitter.com/BooksMarina

Ebenfalls auf
LovelyBooks.de und GoodReads.com

+ Weitere Bücher von Marina Peters

A Steamy Steampunk Cruise
Under the hot Brazilian sun, waiting as the last in the queue for boarding the cruise ship to New York, Monica Jackson, is not at all delighted. Assigned as an auditor to this Steampunk-themed cruise, the journey is going to be more work than fun. But then another passenger is queuing up behind her. And when a deep, velveting voice from behind wishes her a "Bom dia" she turns around. Seeing the tall, strong, good-looking man, she starts to looking forward to a more promising and hotter cruise than she could ever have dreamed of.

How To Generate And Earn Royalty Income
Learn how to easily create a steady income stream from royalties.
Royalty Income might become the next big thing in investments due to its very low correlation with other asset classes.
Stocks may fall but people continue to listen to their favorite music.

103

Rare Gemstones And Unknown Precious Stones

Diamonds, Pearls and so on we know. But have you ever wondered what other great gems and precious stones exist apart from the ones we usually know? This book tells you more about them in an easy to follow way. You will also read some stories about famous stones and get some buying tips.

Auch verfügbar – Martin Muller in Englisch:

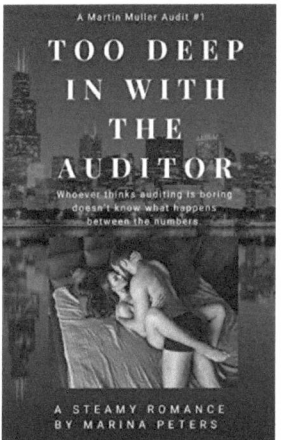

Too Deep In With The Auditor
Martin Muller is an Audit Manager working with one of the big auditing firms. On a newly assigned auditing engagement, he is challenged by fulfilling the demands of his boss as well as coping with deadlines. And then there is the attractive mid-forty female CEO of the small regional bank he is auditing this week. As the door of the vault of the bank closes unexpectedly and both of them are locked in it gets hot down there...

+ Eine letzte Sache ...

Wenn Ihnen dieses Buch gefallen hat, wäre ich Ihnen sehr dankbar, wenn Sie eine kurze Rezension auf Amazon veröffentlichen würden. Ihre Unterstützung macht wirklich einen Unterschied, und ich lese alle Rezensionen persönlich, damit ich Ihr Feedback verarbeiten und meine Bücher noch besser machen kann.

Vielen Dank für Ihre Unterstützung!

Marina